KB137994

네 그루의 **나무**,
하나의 **숲**

네 그루의 나무,
하나의 숲

초판 발행 2022년 12월 8일
지은이 한국여성문학인회
펴낸이 안창현 **펴낸곳** 코드미디어
북 디자인 Micky Ahn **교정 교열** 민혜정

등록 2001년 3월 7일
등록번호 제 25100-2001-5호
주소 서울시 은평구 갈현로 318-1 1층
전화 02-6326-1402 **팩스** 02-388-1302
전자우편 codmedia@codmedia.com

ISBN 979-11-89690-84-7 03810

정가 15,000원

네 그루의 나무,

하나의 숲

발간사

저무는 시간을 지나,
밝은 새날을 기다리며

       해가 지고 해가 뜨는 절대한의 시간 속에서 다시 한 해를 보내야 하는 수순을 맞이하며 오늘의 발걸음을 딛고 있습니다. 아름답고 향기로운 꽃의 날들이 기쁨으로 다가오는가 하면 느닷없이 불어오는 아픔과 슬픔의 깊은 늪에 빠지기도 했습니다. 예상하지 못한 대국민적 견디기 어려운 슬픔이 어린 자식을 가슴에 묻는 형벌을 감내하게도 했습니다. 삶은 오뚝이처럼 쓰러지고 일어서야 하는 반복 속에서 의연하게 참고 견디는 묘약을 주문하는 모양입니다. 그럼에도 한국여성문학인회는 초연한 걸음으로 걸어온 듯합니다. 살얼음판 같은 사회적 아픔들이 새해에는 말끔하게 씻기는 새날이었으면 좋겠습니다.

    2022년을 마무리하는 송년의 시간입니다. 가장 아름다운 옷을 차려입고 가장 빛나는 눈빛으로 송년의 무대에 올라 워킹을 하시던 선생님들이 생각납니다. 인기 가수 못지않은 실력으로 노래를 부르시던 회원 여러분의 아름다운 모습들이 떠오릅니다. 오늘은 무거운 마음 내려놓으시고 순수의 맑은 숲길을 거닐어 주셨으면 합니다. 한국여성문학인회의 지난 57년의 역사 속에는 초대 회장 박화성 선생님을 비롯하여 27대에 이르기까지 기라성 같은 선배님들이 일구어 놓은 '여성문학'의 성탑으로 찬란한 자

존을 이어가고 있습니다. 그 중심에는 회원여러분의 깊은 사랑
과 배려가 큰 역량을 보여주셨다고 생각합니다.

　금년은 산림청의 지원으로 인제 용대리 자연휴양림 1박2일 탐
방과 박인환 문학관을 돌아보며 시인의 삶과 문학을 가까이 접
할 수 있었습니다. 또한 자작나무 숲의 신비로운 잎들이 연주하
는 음악회도 경이로웠습니다. 나무가 인류에 미치는 영향을 가
슴 깊이 짚어 봅니다. 산림청장님을 비롯한 관계자 여러분께 감
사드립니다. 나무는 사람을 위한 사람을 향한 생명의 수호木입
니다. 저 먼 일억 오천만 년 전 숲에서 떠나온 우리는 오늘도 숲
을 그리워하고 있습니다. 나무로부터 숲을 향한 회원 여러분들
의 감동 어린 작품 발표에 감사드립니다. 저무는 시간을 지나, 다
가올 밝은 새해 맞이하시기 기도드립니다.

(사)한국여성문학인회 이사장 ｜ 지연희

추천사

안녕하십니까? 산림청장 남성현입니다.

한국여성문학인회 산림문학작품집 발간을 진심으로 축하합니다.

예부터 지금까지 동서양을 불문하고 숲과 나무는 다양한 문학작품에서 작가의 내적 의식을 나타내는 주요 소재로 널리 활용되어 왔습니다. 특히나 산이 많은 우리나라에서는 시, 소설, 그림 등에서 우리의 정서와 철학을 나타내는 대표적인 소재였고 하나하나마다 작가의 깊은 고민과 의미가 담겨있습니다.

이번 한국여성문학인회 〈자작나무 숲 중심에 서다〉 가을 문학기행 행사(2022년 9월 19일)를 통해 회원분들께서 산림에서 느낀 감성을 토대로 발간되는 문학작품집은 읽는 이로 하여금 숲과 나무에 대한 소중함을 알릴 뿐만 아니라 산림문화 발전에도 큰 도움이 될 것입니다.

산림청은 풍요로운 숲에 문화적, 정신적, 인문적 가치를 더하여 숲의 가치를 더욱 고양하고, 품격 높은 공간으로 가꾸어 나가겠습니다.

끝으로 산림문학에 많은 관심을 갖고 협조해 주시는 한국여성문학인회 관계자분들의 노고에 깊이 감사드립니다. 여러분의 가정에 건강과 행운이 함께하기를 기원합니다. 감사합니다.

산림청장 │ 남성현

Contents

넷 |4|

특별 기고

나무의 선물
-시와 단상

이재무 (시인)

　나무들 몸으로는 푸른 피가 흐르고/ 벌레들은 껍질에 난 소로 따라/ 분주히 기어오른다/ 나무들 어깨 위 새들은/ 둥지 짓고 교미를 하고/ 뿌리는 흙살 파고들며/ 세계의 확장을 위해 안간힘이다/ 나무 하나가 거느린/ 저 넓고 깊은 세상/ 그러므로 나무 하나 쓰러지면/ 그가 세운 나라 함께 쓰러진다/ 나무들 저렇듯 싱싱한 것은/ 지키고 가꿔야 할 세상 때문이다 (졸시, 「나무들 저렇듯 싱싱한 것은」 전문)

　살아오면서 음으로 양으로 나무에게 신세진 게 많다. 슬프고 괴로울 때, 까닭 없이 들뜰 때 나는 나무를 찾아가 위로와 평안을 구하고 평정심을 찾는다. 마음이 추울 때는 사람 대신 나무를 쬐거나 마음이 부어 아플 때는 나뭇잎을 감고 부기가 가라앉기를 기다리고, 마음이 넘어져 피를 흘릴 때에는 나무의 향기를 바르고 나서 나무와 나란히 서서 하늘을 바라보면 피가 멎는다.

　나무는 나의 연인이고 아비 어미이며, 둘도 없는 친구이다. 글감이나 시상이 떠오르지 않을 때 나무를 찾아가 소재나 영감을 빌려 오기도 한다. 나무로부터 얻고 받아온, 그 많은 혜택과 빚을. 그러나 사는 동안 갚지 못하리라. 그리하여 나는 죽어 나무 아래 묻혀서야 생전의 빚을 조금이나마 갚고 싶다.

　아래의 글은 시난고난, 예순 너머를 살아오면서 나무로부터 얻은 사색과 시상詩想 중 일부를 순서 없이 나열한 것이다.

나무들도 감정 표현을 한다. 사계에 따라, 바람이 불 때와 바람이 잘 때, 비가 올 때와 맑은 날일 때, 아침과 한낮과 저녁과 밤중에 나무들은 수시로 표정을 바꾼다. 일에서 놓여나는 때 나는 버릇처럼 나무에 기대어 나무의 감정을 읽는다. 나무는 제 맘껏 감정을 발산한다. 웃고 울고 성내고 흐느끼고 속삭인다. 나무의 얼굴인 나뭇잎에는 기실 얼마나 많은 나무의 감정이 숨어 있는가. 오늘 저녁 나무는 기분이 좋은 모양이다. 여울처럼 공중으로 바람이 흐르자 바람의 물결에 몸을 맡긴 채 지느러미처럼 살랑살랑 나뭇잎들을 흔들고 있다. 나무의 기쁨이 내 몸속으로 맑은 소리를 내며 흘러들어 온다.

나무가 이파리 파랗게/ 뒤집는 것은/ 몸속 굽이치는 푸른 울음 때문이다// 나무가 가지 흔드는 것은/ 몸속 일렁이는 푸른 불길 때문이다// 평생을 붙박이로 서서/ 사는 나무라 해서 왜 감정이 없겠는가// 일구월심 잎과 꽃 피우고 열매 맺는 틈틈이 그늘 짜는 나무// 수천수만 리 밖 세상 향한/ 간절함이 불러온 비와 바람/ 어제도 오늘도 내일도 저렇듯/ 자지러지게 이파리 뒤집고/ 가지 흔들어댄다// 고목의 몸속에 생긴 구멍은/ 그러므로 나무의 그리움이 만든 것이다 (졸시, 「나무가 흔들리는 것은」 전문)

수령이 오래 된 나무 앞에 서면 절로 옷깃을 여미게 된다. 나이가 수백 년 된, 마을의 느티나무는 존재만으로 가르침을 주고 경기도 양평 용문사나 충북 영동 영국사 앞 천 년 된 은행나무들께서는 그대로가 한 그루 종교이기 때문이다. 그런가 하면 마을 가까이 서 있는 나무들은 하나, 하나가 낱권의 책이기도 하다. 깨끗하게 가난을 사는 이들은 나무에게서 문자향서권기文字香書卷氣를 느끼고 나무의 뜻을 새길 줄 알며 나무의 말을 알아듣는다. 낮고 외로운 날은 버릇처럼 외우들을 찾아간다. 나무의 그늘에 안겨 한참을 앉거나 서 있다가 오는 것이다. 내 안에는 뿌리 내린 여러 수종의 나무들이 살고 있다.

나무 중에서 가장 살가운 나무// 나무 가운데 사람에 가까운 나무// 상처가 제일 많은 나무// 신맛과 단맛의 경계가 뚜렷한 나무// 누군가 그리울 때 떠오르고// 이별이 아플 때 떠오르는 나무// 봄여름을 살려고 기꺼이 가을과 겨울을// 견디는 나무 아아, 내가 태어나// 맨 처음 만난, 엄니 살결을 닮은 나무 (졸시, 「살구나무에 대하여」 전문)

늘 푸른 소나무에게서 나는,// 선비의 기개 대신 지루한// 권태를 읽는다 완강한// 고집을 읽는다 늘 푸른// 소나무에게서 나는,// 스스로 고립의 감옥에 갇혀// 생을 소진한 한 사내의// 불우를 떠올려 연민한다 (졸시, 「소나무」 전문)

비를 바람을 햇살을 구름을 달빛을 별을 먼지를 저항 없이 받아들여 성장의 동력으로 삼는 나무들이야말로 지구라는 종교의 가장 신실한 신자들이다. 나무는 미래 지구의 지표다(칼 세이건의 『코스모스』 중에서) 나무의 전신 감각을 내 정신의 기율로 삼고 싶다 (졸시, 「나무의 기율」 전문)

어릴 적 아부지의 회초리 되어/ 공부나 심부름에 게으른 날엔/ 종아리 파랗게 아프게 하고// 식전부터 일 나가신 엄니 아부지/ 기다리다 지치는 날엔/ 동무보다 재밌는 장난감 되어/ 하루해 전 무료 달래어 주던// 나의 선생, 나의 누이인 나무// 지금도 안주 챙기러 고향 갈 적에/반쯤 허리 숙인 채/ 죽은 엄니 살았을 적 손길로/ 등 두드리는// 이 세상 가장 인자한 어른// 기쁠 때 쏟은 한 말의 웃음/ 설울 때 쏟은 한 가마 눈물/ 뿌리로 가지로 쑥쑥 자라는// 우리 동네 제일로 오래된 나무 (졸시, 「팽나무. 2」 전문)

머릿속 엉킨 발자국들을 지우고 싶을 때 나는 영혼의 안식처인 나무 속으로 들어간다.

나무 속으로 들어가 수로를 따라 걸었다. 푸른 들, 푸른 하늘이 펼쳐지고 푸른 마을과 푸른 언덕과 푸른 우물과 푸른 지붕이 천천히 다가왔다. 푸른 학교가 보여 성큼 들어섰다. 긴 낭하를 따라 풍금 소리가 들려왔다. 음표가 흘러나올 때마다 이파리들 파랗게 몸 뒤집으며 반짝반짝 웃고 있었다. 나무 속으로 강이 흐르고 새들이 날고 연기가 피어올랐다 (졸시, 「나무 속으로」 전문)

까닭 없이 심사가 어지러운 날/ 숲속에 들면 나무들은 저마다/ 우뚝 선 채 바람에 맞서고 있다/ 사람의 손 타지 않은 저마다의/ 형상으로 허공을 움켜쥐고 있는/ 나무들은 각자가 신성한/ 나라이고 거룩한 종교이다/ 하늘과의 거래만을 꿈꾸며/ 서로를 침범하지 않고 일정한 간격 속에서 우아한 조화와/ 자유로운 동맹과 끈끈한 우애와/ 단단한 결속과/ 아름다운 연대를/ 이룬 신성한 영토에서 나는/ 저잣거리의 수다를 내려놓고/ 침묵의 신자가 되어 옷깃 여민다 (졸시, 「침묵의 신자」 전문)

가을이 깊어지면 나는, 공중을 물들이던 홍엽을 지상으로 내려 보내고 열매까지 사람이나 다람쥐에게 돌려주고 난 뒤 생선가시처럼 앙상한 모습으로 우두커니 서 있을 나무들을 떠올린다. 긴 겨울을 나는 동안 그들은 적막 속에서 자신의 안쪽을 들여다보며 사색의 긴 시간을 보낼 것이다. 그새 게을러진 태양은 늦게 일어나 일찍 잠자리에 들고, 성격이 거칠어진 바람이 툴툴대며 제멋대로 불어대고, 계절의 정거장을 지나 겨울이 오면 눈은 자주 옷을 바꿔 입으며 내리고, 별들만이 본래의 성정대로 제자리를 지켜 영롱하게 반짝일 것이다. 혹한은 나무들을 더욱 단단하게 만들고 이듬해 봄이 오면 가지를 뚫고 삼동 내 사색을 우려낸 연초록들은 폭발하듯 태어날 것이다. 그렇다. 가을과 겨울은 바끝으로 향했던 마음의 눈을 거두어 안쪽으로 향하게 하는 것이다.

반짝이던 소음이 가라앉고/ 저녁의 들숨날숨 손에 잡힐 듯 환한/ 창가
에 앉아 귀가 큰 소처럼 서서/ 가을 속으로 걸어가는 한 나무를/ 오래도
록 바라다본다 저 나무는/ 참으로 바르게 시간의/ 주인이 되어 오늘에 이
르렀다/ 지난 계절 환희의 푸른 몸으로 시들고 지친/ 내 오후의 생에 넓
고 시원한 그늘 드리웠던/ 저 나무에게 그러나 나는 한 바가지 물/ 한 삼
태기 거름 져 나른 적 없다/ 나무라고 해서 왜 인욕의 시간이 없었겠는가/
바람이 불고 비가 내리고 또/ 종아리 다녀가는 회초리처럼/ 가문 날의 폭
염이/ 그의 생의 멱살 움켜쥘 때도/ 저 나무는 크게 표정 바꾸지 않고/ 제
생의 영토 고스란히/ 지켜오지 않았던가/ 그러므로 저 붉은 잎잎은/ 울림
이 큰 느낌표가 아니고 무엇이란 말인가/ 슬픔이 지혜를 가져오듯/ 깨달
음은 몸을 부려야/ 가까스로 인색하게 찾아오는 것/ 푸르게 젖어가는 저
녁의 창가에 앉아/ 직립으로 살아가는, 수백 수천의 푸르고 붉은 등/ 가지
마다 내걸어 길 밝히는/ 내 오랜 정인 물끄러미 바라다본다 (졸시, 「가을」
전문)

보는가, 단단한 껍질 속 웅크린// 화약 같은 푸른 욕망// 어느 날 다순
햇살 다녀가서// 일순 폭발하는,// 저 강렬한 순록의 빛다발/ 몸 안의 모
든 실핏줄/ 팽팽히 당겨지는 내연의 숨 가쁨/ 아는가, 참나무는 죽어서
도/ 왜 숯이 되는가를 (졸시, 「봄 참나무」 전문)

나무도 쉬고 싶을 때가 있을 것이다// 평생을 서서 사는 일이// 어찌 고
달프지 않겠는가// 푸른 수의와 잿빛 옷 번갈아 입으며// 벌 받는 자세
로 서서 그늘 찌는// 일생의 고역에서 놓여나고 싶은// 심정이 천둥과 번
개를 불러들였을 것이다// 나무도 눕고 싶을 때가 있을 것이다// 그것이

생을 벗는 일인 줄 알면서// 그렇게 수직의 감옥 벗어났을 것이다 (졸시, 「쓰러진 나무」 전문)

시인 백석에게 갈매나무가 있다면 내게는 오동나무가 있다. 오동나무는 쓸모가 많은 나무다. 장롱이 되어 혼기 들어찬 딸의 시집 밑천이 되고 거문고가 되어 음표와 가락을 토해내다가 관이 되어 죽음을 담기도 한다. 내 몸 속에는 한 그루 오동나무가 살고 있다. 7개의 현이 울기도 하고 문갑 닫히는 소리가 나기도 하고 아가리를 벌린 관이 되어 내가 눕기를 기다리고 있기도 하다. 해마다 오월이면 오동꽃에서는 보랏빛 종소리가 은은하게 들려오기도 한다.

이사 온 아파트 베란다 앞 수령 50년 오동나무/ 저 굵은 줄기와 가지 속에는 얼마나 많은/ 구성진 가락과 음표들 살고 있을까/ 과묵한 얼굴을 하고 골똘히 생각에 잠겨있는 그를/ 마주 대하고 있으면 들끓는 소음의 부유물 조용히 가라앉는다/ 기골이 장대한 데다 과묵한 그에게서 그러나 나는 참 많은 이야기를 듣는다/ 그는 나도 모르는 전생과 후생에 대하여 말하기도 하는데/ 구업 짓지 말라는 것과/ 인과에는 반드시 응보가 따른다는 것을/ 옹알옹알 저만 알아듣는 소리로 조근거리며/ 솥뚜껑처럼 굵은 이파리들 아래로 무겁게 떨어뜨린다/ 동갑내기인 그가 나는 왜 까닭 없이 어렵고 두려운가/ 어느 날인가 바람이 몹시 심하게 불던 밤은/ 누군가 창문 흔드는 소리에 깨어 일어나보니/ 베란다 밖 그가 어울리지 않게 우람한/ 덩치를 흔들어대며 울고 있었다/ 나는 그 옛날 무슨 말 못할 설운 까닭으로/ 달빛 스산한 밤 토방에 앉아 식구들 몰래/ 속으로 삼켜 울던 아버지의 울음을/ 훔쳐본 것처럼 당황스러워 애써 고개를 돌려 외면했는데/ 다음날 아침 그는, 예의 아버지가 그랬듯이/ 시치미 딱 떼고 아무 일 없었다는 듯/ 무심한 표정으로 돌아가 데면데면 나를 대하는 것이었다/ 바깥에서 생활에 지고 돌아온 저녁 그가/ 또 손짓으로 나를 부른다/ 참 이상하다 벌써 골백번도 더 들은 말인데/ 그가 하는 말은 처음인 듯 새록새록,/ 김장 텃밭에 배추 쌓이듯 차곡차곡 귀에 들어와 앉는 것인지/ 불편한 속 거짓말처럼 가라앉는다/ 그의 몸속에 살고 있는 가락과 음표들 절로 흘러나와서/ 뭉쳐 딱딱해진 몸과 마음 구석구석 주물러주고 두들겨주기 때문일 것이다 (졸시, 「말 없는 나무의 말」 전문)

좌절과 실의에 빠져 무력해질 때 나는 나무의 견인하는 자세를 떠올린다. 나무는 말馬처럼 서서 먹고 서서 자며 살다가 죽어서야 눕는다.

무릇 혁명을 꿈꾸는 자/ 꽃나무를 닮아야 한다// 가지가 꺾이고 줄기가/ 베어져도// 뿌리 남아있는 한 악착같이/ 잎 틔우고// 꽃 피워 마침내 열매를/ 맺어야 한다// 저마다의 외로움을/ 나이테로 새기면서// 지면을 푸르게 물들이다가// 바닥에 쓰러지는 날// 이웃한 나무의 거름이 되어야 한다 (졸시, 「혁명」 전문)

이 땅에서 사는 동안 가장으로서 생활의 책무에 어깨가 무거워질 때 나는 곧잘, 어릴 적 고향을 지켜주던 참나무들을 불러들인다. 한여름 내내 몸에서 진물이 흐르던 참, 나무는 자신의 몸에 난 상처로 벌레 주민들을 먹여 살렸다. 그러니까 참나무의 진물은 곧 벌레들의 식량이었던 셈이다. 찬바람이 불면 벌레들은 남부여대 가난한 살림을 이고 지고는 나무를 떠나 땅속으로 기어들었다. 이제 겨울 동안 독거와 추위를 앓아대며 스스로를 돌볼 참나무. 상처는 시나브로 아물어 가고…. 명년 여름에 찾아올 벌레 주민들을 위해 그렇게 상처를 여미고 갈무리할 것이다. 그리하여 단단해진 수피 속에 딱딱하게 굳어간 상처는 찌는 더위를 불 삼아 다시 진한 진물을 우려내어 벌레들의 입맛을 돋우어낼 것이다. 지쳐 쓰러져 누울 때까지. 오, 참나무의 가혹한 운명이여, 벌레들의 아버지여, 나무 나라의 성자여!

어릴 적 동네 냇둑에는 키가 큰 참나무들이 서른 그루 도열한 채 서 있었는데 봄이면 연초록 이파리들이 파랗게 재잘대었고 여름이면 어른 손바닥 크기로 자라 수십, 수백 평 그늘을 드리웠다. 가을엔 저녁의 공중을 황금빛으로 물들이다가 느낌표로 낙하하였다. 가지마다 그득 열린 여린 열매들이 차돌처럼 단단해질 때까지 몰래 품어 숨겨 키우며 순교의 생을 살아온 이파리들. 이타의 한생을 살기는 줄기도 마찬가지여서 여름의 시작과 더불어 몸에서는 늘 진물이 흘러내렸는데 개미, 왕탱이, 지께, 벌레 등속이 그것을 즐겨 식량으로 삼았다. 오랜 여름을 참고 기다려온 악동들이 늦가을 참나무들이 부어주는 상수리들을 주어 러닝구가 불룩하도록 담아오면 엄니들은 그것들로 묵을 빚어 밥상에 올려놓았다. 이 세상에 참(진짜), 나무를 꼽으라 하면 나는 망설이지 않고 그 참나무들을 으뜸으로 내세우겠다.

심지가 약해질 때 대나무만큼 힘이 되어주는 나무도 없다. 내가 나무 중에 대나무를 특별히 선호하는 이유는 다음과 같다. 대나무는 나이테가 없다. 속이 텅 비었다. 욕망을 비운 것이다. 그러므로 그가 절조의 표상인 것은 당연하다. 비운 자만이 절조를 지킬 수 있기 때문이다. 그는 평상시 대빗자루나 대바구니나 소쿠리의 재료가 되어 생활에 유용하게 쓰이다가, 퉁소나 피리가 되어 우리의 귀를 즐겁게 해준다. 또한 죽비가 되어 성찰에 게으른 어깨를 번쩍 정신 차리게도 하다가 민족 공동체가 위기에 처하면 기꺼이 죽창이 되기도 한다. 대나무는 단독으로 살지 않고 집단으로 서식하며 강한 연대감으로 강력한 재해를 이겨낸다. 백년을 살다 가는 그는 죽을 때에야 꽃을 피운다.

모던 보이를 꿈꾸게 될 때 절로 떠올려지는 나무가 있다.

백두산 가는 길가// 도열한 채 수줍게 웃던// 북방의 여인들// 늘씬한 몸매// 흰 살결의 도도한 귀족들// 차마 맞바라보지 못하고// 힐끗, 힐끗 훔쳐보면서// 나. 수간樹姦에의 충동으로// 후끈 몸 달아올랐네 (졸시, 「자작나무」 전문)

여름과 가장 어울리는 나무는 무슨 나무일까? 생각하다가 나는 미루나무를 떠올렸다. 미루나무는 다른 계절에는 왠지 초라하고 춥고 서럽고 을씨년스러워 보이지만 여름에는 최소한 궁핍은 면해 보이기 때문이다. 키가 멀대같이 크고 열매도 없고 땔감 외에 크게 소용이 닿지 않는 나무. 그늘조차도 평수가 작고 얕아 볼품없고 가난한 이국종. 그러나 한여름 논둑길 저 홀로 서 있는 미루나무는 외롭지 않다.

　논둑 미루나무는 심심하고 무료하다. 여름 하루가 길고 지루해서 그늘 서너 평 깔아놓고 애타게 기다려도 누구 하나 찾아오는 이 없다. 미루나무는 세상 소문이 궁금해 바람이 불 때마다 수백 개의 푸른 귀 열어 팔랑대지만 창창울을 고요만 들어찰 뿐 아무런 소식이 없다. 한때는 들밥이 다녀가고 깊은 한숨과 높은 웃음과 고저장단의 노래가 붐비던, 지아비가 지어미를 쓰러뜨려 애를 배게 했던 곳, 어쩌다 들새들만 들어와 그늘을 튕기다 간다 (졸시, 「미루나무」 전문)

이유 없이 사람의 살枡이 그리워질 때도 나는 나무에게로 간다.

　바람이 불어오자// 간격 두고 서 있는// 한 나무의 그림자 출렁,// 이웃한 나무의// 흔들리는 그림자와 포개진다// 하루에도 몇 번씩 그렇게// 나무들은 만났다 헤어진다 (졸시, 「포옹」 전문)

　6월의 나뭇가지에// 가득 열린 푸른 물고기들// 바람이 불 때마다// 지

느러미 흔들며// 공중을 헤엄치고 있다// 나무들마다 만선이다 (졸시, 「만선」 전문)

사람의 인연에 대하여 생각이 깊어질 때 나는 태백산의 주목을 떠올린다.

태백산을 오르고 있었다. 산의 능선은 활의 등처럼 완만하고 부드럽게 휘어져 오르는 이들을 품고 있었다. 7부쯤에 이르렀을 때 산의 명물인 주목나무 군락지를 만났다. 살아 천 년, 죽어 천 년을 산다는 주목. 죽은 나무들과 산 나무들이 한 자리에 이웃해 어우러진 광경은 미상불 보기에 좋았다.

그 후, 주목은 내 생의 안쪽에 뿌리를 뻗어 와 생활의 마당으로 그늘을 드리우곤 하였다. 산 자와 죽은 자가 더불어 산다는 것은 죽은 자를 산 자가 망각하지 않고 기억하는 것, 그것은 주목을 사는 일이다. 그날 내가 주목에 주목한 것은 기억의 연대와 영속에 관한 것이었다(졸시, 「주목나무」 전문)

늦가을 까닭 없이 마음이 허허로울 때 나는 은행나무를 찾아가 잃어버린 서정을 보상받는다.

늦은 밤 귀갓길을 밝히는/ 수백 수천의 등불들/ 아래 서 있으면 까닭 없이/ 누군가의 안부가 그리워진다/ 봉함엽서에 깨알 같은 글씨로/ 사무치는 그리움 적어 보낸 적 언제였나?/ 마음의 골짜기에 찬바람 인다/ 나무가 해 가기 전/ 저렇듯 환하게 등불을 켜는 것은/ 우리가 사는 동안/ 끄고 사는 것들이 많기 때문이리라/ 달빛 받아 글썽글썽/ 반짝이는 등불들/ 아래 서 있으면 이유 없이/ 황홀한 아픔으로 충만했던/ 가난한 시절의 얼굴

이 떠오른다 (졸시, 「은행나무」 전문)

숲속 나무들은 모두 수직으로 서 있는 것 같지만 조금만 눈여겨보면 똑바로 서 있는 나무는 하나도 없다. 특히 경사진 비탈에 서있는 나무들은 사선으로 아래쪽을 향해 기웃하게 서 있다. 그러느라 수고가 여간만 아닐 거란 측은심마저 든다. 수목들이 그러하듯이 모든 살아있는 것들은 생태 환경에 자기를 맞춰 사느라 삶의 매 순간 고달프지 않을 수 없다. 문득 예기치 않게 찾아오는, 빛나는 생의 기쁨에 진저리칠 때도 있긴 하지만….

산을 오른다. 산속 수목들은 저마다 우뚝 서서 자기의 주장들을 하고 있다. 수목들은 하나의 몸으로 살 수 없어 따로따로 떨어져 자기의 말을 퍼뜨리고 있다. 저마다의 주장은 저마다 옳아서 하나의 숲을 이루고 있다. 그 어떤 나무도 절대 존엄인 양 자기주장을 굽히지 않는다. 하늘을 다투는 나무들의 쟁투는 아름답다. 그러나 각기 다른 자세와 형상의 나무들이 드리운 그늘은 땅에서 하나의 전체가 되어 출렁인다. 산에서 나는 모든 소리는 기실 나의 내부 깊숙이에서 돌출해 바깥으로 현현하는 마음의 소리다. 그러니까 나는 내 소리에 귀 모으며 걷는 중이다.

이재무 | 1983년 작품 활동 시작. 시집 『즐거운 소란』 등, 산문집 『괜히 열심히 살았다』 외 다수. 김소월 문학상, 이육사 문학상 외 다수 수상.

숲을 헤엄치는 물고기들

이근화 (시인, 평론가)

1

동네 해물탕집은 맛도 좋지만 가게 앞에 늘어선 나무들이 아주 훌륭하다. 해물탕을 맛보는 것보다 가게 앞 나무들을 구경하는 일을 나는 더 좋아한다. 주인아저씨는 과실수를 주로 심었다. 초여름부터 늦가을까지 나는 그 가게 앞의 과일나무를 훔쳐보는 재미에 흠뻑 빠져 있곤 하였다.

감나무, 살구나무, 앵두나무 등은 도심에서도 그렇게 드물지는 않다. 아파트 단지 내에 감나무들이 몇 그루 있어 가을이면 심심치 않게 떨어진다. 아예 경비원들이 작정하고 따다가 경비실 입구에 감 상자들을 갖다 놓는다. 주민 여러분들 가져다 드시라고. 그러면 할머니, 할아버지들에게 인기가 많다. 단감나무도 있고 대봉나무도 있다. 꽃사과들도 열려서 애들은 그걸 진짜 먹어 보고 싶어 한다. 떫고 시기만 하다고 그건 사과가 아니라고 말해도 꼭 깨물어 봐야 직성이 풀린다. 앵두를 따서 주머니가 불룩하도록 담아온다. 엉망진창으로 물든 주머니는 어쩐단 말인가. 살구나무도 제법 많다. 고급 차를 몰고 다니는 차주들은 이 살구나무를 아주 싫어할 것 같다. 차체 위로 떨어진 살구들은 뭉개져서 닦기 어려운 흔적들을 남긴다. 그래서 옥외 주차를 하는 사람들은 살구나무 밑을 피하는 경향이 있다. 나는 좀 성한 살구들을 주워다 잼을 만든 적이 있다. 설탕을 부어 졸이면 살구 향이 훨씬 더 근사해진다. 새콤달콤한 그것을 숟가락으로 마구 퍼먹게 된다. 살구잼을 여러 병 만들어서 지인들과 나눠 먹기도 하였다.

그런데 석류나무는 가게 앞에서 처음 보았다. 기후도 잘 맞지 않을 것인데 어떻게 열매가 열렸는지 궁금하다. 우리가 먹는 석류는 이란산이 아닌가. 이란은 어쩐지 덥고 건조할 것인데 그래서 석류도 그렇게 알알이 붉을 것인데 일조량이 부족한 서울 시내 한쪽에서 석류나무를 근사하게 키워낸 식당 아저씨에 대한 존경심이 절로 인다. 석류나무 옆 귤나무도 그렇다. 제주도에서나 보았지, 어떻게 귤이 그렇게 탐스럽게 열린단 말인가. 푸른 귤이 상당 기간 매달려 있다가 노랗게 익어갔다. 언제가부터 나는 화분과 흙을 열심히 관찰하기 시작했다. 넓은 땅에 비옥한 흙으로 심은 것이 아니란 말이다. 커다란 플라스틱 통에 심어져 있다. 줄줄이 늘어선 통에 호스로 물을 주고 있는 아저씨를 자주 만나게 된다. 주방은 아줌마들에게 맡기고 앞치마를 두른 아저씨는 밖에 더 많이 나와 있는 것 같다. 인상은 평범하다. 언제 한번 말을 붙여 보고 싶은데 소심한 나로서는 아직은 어렵다. 무화과나무도 그렇다. 남편이 사온 무화과나무를 나도 키워 본 적이 있는데 제법 잘 자라 열매를 맺기는 했지만 손톱만 하게 열렸다가 떨어지고는 했다. 해물탕집 무화과나무는 달랐다. 이파리도 건강하게 잘 자랐고, 정말 파는 무화과처럼 크고 탐스러운 열매가 열렸다. 무화과나무 앞을 지나면 따 먹고 싶은 마음이 불쑥 생겼다. 무화과를 좋아하는 나는 영암 무화과를 주로 주문해서 먹는데 아저씨는 이렇게 키워서 먹는구나.

그런데 올여름 놀랄 일이 더 생겼다. 다른 나무를 타고 올라온 덩굴 줄기에서 호박만 한 수박이 복스럽게 열렸다. 어찌나 귀엽고 사랑스럽운지. 그 앞에서 발걸음을 멈추지 않을 수 없었다. 나 같은 이가 많아서 팻말이 붙어 있다. "손으로 만지면 안 됩니다." 너무 귀해 보여서 손으로 만질 엄두도 나지 않았다. 그저 그 앞에 멈춘 발걸음을 떼기 어려웠을 뿐. 수박은 얼룩말 새끼처럼 귀여웠다.

아이들과 그 앞을 지나면서 일일이 과일들을 호명하고는 한다. 이건 무슨 나무 무슨 과일. 반갑게 인사하며 해물탕집 앞을 지나는 일이 하루에 한 번,

적어도 이틀에 한 번 정도는 있다. 해물탕은 몇 달에 한 번 먹을까 말까 하는
데. 과일나무와 그 열매들을 이렇게 자주 보는 일이 어쩐지 미안한 마음이 들
기도 한다. 아저씨의 수고 앞에서 나의 즐거움은 무엇일까. 나의 즐거움이 아
저씨의 보람이라고 하기에는 너무 그런 것 같다. 그래서 나는 나무와 열매들
이 비바람에도 이른 추위에도 무사하기를 기도한다. 사실 해산물을 일일이
손질하여 탕을 끓여 팔며 온갖 손님들을 상대하는 일은 고되고 단조로울 것
이다. 아저씨는 나무를, 그 열매를 더 사랑할 수밖에 없지 않을까. 생선을 죽이
고, 전복을 따고, 낙지를 자르는 일보다 물을 주고 잎사귀를 정리해 주고 열매
를 보호하는 일을 더 좋아할 수밖에 없을 것 같다. 가게 앞 나무들 뒤로 커다
란 수조에는 해산물들이 가득하다. 건져내어 요리하기 전까지 착실히 살아서
견딘다. 깨끗한 수조에서 꼬물거리는 전복, 문어, 가리비들은 먹음직스럽지
만 그걸 꼭 냄비에 넣고 끓이고 싶다는 생각은 들지 않는다. 해산물들도 그렇
겠지. 나무를 모르지만 죽은 듯 살아 있는 것들은 바다가 아닌 도심의 숲에서,
아저씨가 가꾸는 나무들 뒤에서 잠깐 편안한 듯도 보인다. 그런 기분을 느낄
리야 없지만 나무들 사이로 보이는 해산물을 보는 내 마음은 조금 미묘하고
복잡하다. 나는 그것들에게, "헤엄쳐라, 숲을"이라는 말도 안 되는 주문을 마음
속으로 외쳐본다. 실성한 소리다.

　도심 해물탕집 앞 알록달록한 열매들을 매다는 나무를 착실하게 키워내는
아저씨의 알 수 없는 마음. 나는 그 해물탕집 앞을 지날 때마다 아저씨의 마음
을 더듬어 본다. 그런데 그 묘한 마음은 호기심으로 시작하여 이내 나무에 대
한 애씀과 공들임에 대한 존중으로 이어진다. 잘 가꾸어진 울창한 숲들도 있
지만, 근사하고 고급스러운 정원들도 가끔씩 봐왔지만 나는 아저씨의 길거리
과실나무들이 정말로 좋다. 나에게 시라는 장르도 그렇다. 시란 가까운 곳에
서 출발하는 것, 아름답지만 규정하기 어려운 것, 애쓰고 공들이는 것. 발견하
고 창조하는 삶의 편에 서는 것.

2

나무에 관한 시로 문태준 시인의 「개복숭아나무」가 있다.

아픈 아이를 끝내 놓친 젊은 여자의 흐느낌이 들리는 나무다
처음 맺히는 열매는 거친 풀밭에 묶인 소의 둥근 눈알을 닮아 갔다
후일에는 기구하게 폭삭 익었다
윗집에 살던 어름한 형도 이 나무를 참 좋아했다
숫기 없는 나도 이 나무를 참 좋아했다
바라보면 참회가 많아지는 나무다
마을로 내려오면 사람들 살아가는 게 별반 이 나무와 다르지 않았다
                                    – 문태준, 「개복숭아나무」 전문,
                                      『맨발』, 창비, 2004.

개복숭아나무는 눈에 잘 띄지 않는 소박한 나무다. 얼마나 오래 그 나무를
바라보고 있었던 것일까. 간절함을 놓친 사람의 흐느낌이 들리는 나무란다.
첫 열매에서 거친 풀밭에 묶인 소의 둥근 눈알을 보았다면 폭삭 익어버린 열
매의 후일은 어떤 안타까움을 느끼게 만든다. 이 나무를 좋아하는 사람들은
또 어떤가. 개복숭아나무를 가만히 바라보는 시선은 나무 주변의 사람들을
이끌어온다. '어름한 형'도 '숫기 없는 나'도 평생 이 나무 주위를 배회하며 살
아가고 있는 것일 테다. 부끄러움과 뉘우침을 오로지 자신의 몫으로 돌리는
사람들로서 말이다. 사람살이가 이 나무와 별반 다르지 않았다는 것은 위로
이며 동시에 발견이다. 나가떨어지지 않고, 거꾸러지지 않고 개복숭아나무 같
은 사람들 곁으로 언제나 다시 되돌아오는 삶이 지속되고 있는 것 같다. 그래
서 이 시는 나무에 관한 시이면서 나무를 바라보는 사람에 관한 시이며, 그 나
무를 바라볼 줄 아는 사람의 삶에 관한 시라고 할 수 있을 것이다. 세속에 얽
매이지 않는 사람들, 나무를 닮아 소박한 사람들.

개복숭아나무의 수수한 이파리와 아무렇게나 뻗친 나뭇가지도 그렇고, 열매도 그다지 매력적인 데가 있는 것은 아니다. 까끌하고 볼품없는 개복숭아의 맛은 시고 떫다고 해야 할까. 섣부르게 씹었다가는 금세 뱉어버리게 된다. 복숭아에 '개'가 붙은 이유가 있다(말이 나왔으니 '개'라는 접두사가 요즘에는 이상한 단어에 붙어 쓰이는 것을 종종 듣게 된다. 어린아이들이 '개좋다'라는 말을 거리낌 없이 내뱉고는 한다. '개'는 접사여서 명사에 붙어야 하는데, 형용사에 붙여 사용하는 것이 너무 이상하게 느껴진다. '돌'과 마찬가지로 야생의 것이나 볼품없음을 일컫는 이 접사가 왜 '좋다'에 붙은 것일까. 너무 희한하고 불편해서 나는 언젠가 '개좋다'라는 말로 시를 한 편 써볼까 한다). 그런데 "기구하게 폭삭 익은" 열매를 거두어 항아리에 절이면 이것은 약이 된다. 개복숭아 발효액을 아이들과 나눠 마시며, 이상도 하지 볼품없는 열매의 뒷맛이 이렇게 향긋하고 개운하구나 감탄하게 된다.

개복숭아를 경유하며 오락가락한 감각을 따라 다시 시를 생각해본다. 어쩐지 나무를 '참 좋아했다'의 고백이 마음에 오래 남는다. 시란 내가 좋아하는 것을 가릴 수 없이 드러내는 것. 그 드러냄을 통해 나란 사람이 만들어지는 것. 시는 나를 창조하는 근사한 방법이 된다는 것.

3

찬 바람이 불기 시작하자 해물탕집 과실수들은 아쉽게도 시들어가기 시작했다. 어름한 형과 숫기 없는 나도 매해 개복숭아나무를 바라보며 나이 들어갔을 것이다. 숲의 시간은 어떻게 흘러갈까. 시간의 잔주름들을 끌어안고 나무들은 안녕한가?

우리가 다니던 학교 운동장에는 으레 목련 나무가 한 그루씩 심겨 있었다. 긴 겨울을 지나 초봄이 되면 봉긋하게 올라오는 흰 꽃봉오리들이 마음을 설레게 했던 것 같다. H는 목련을 좋아했다. 떨어진 흰 꽃잎을 주워 손바닥에 가만히 올려놓아 보고는 했다. 편지 봉투에 큰 꽃잎들을 담아 내게 전해주기도 했다. 생각해보니 H는 목련 나무를 좋아하기도 했고, 목련 나무를 닮아 있기도 했다. 순수하고 쉽게 상처받았다.

　이렇게 살 수 있겠니? 자취방에서 떡라면을 끓여 먹으며 물었지만 꼭 대답이 듣고 싶어서는 아니었겠지. 방 안으로 햇살이 깊숙이 들어와 부끄럽게 빛나고 있었고 창밖으로 기우뚱한 목련은 참 가난해서 크고 하얀 꽃잎을 용감하게 매달았지.

　그 봄은 다 셀 수가 있을 정도였어.

　소용없어, 목련이 웃었지. 그 웃음소리 참 맵고 아렸다. 나의 구멍을 목련 꽃잎으로 막는 봄이여. 호로비츠 같은 긴 손가락으로 오렌지색 三陽라면을 뜯고 몇 개의 굳은 떡을 넣어 휘휘 저었던 그는 봄이 없는 곳으로 갔다. 내 마음에도 애써 발을 달아 주고 갔다.

　꿈쩍도 하지 않는 봄들을 매달아놓고.

　　　　　　　　　　　　　-이근화, 「목련꽃 그늘 아래」 일부,
　　　　　　　　　　『나의 차가운 발을 덮어줘』, 현대문학, 2022.

　아직 손 편지를 주고받았던 시절이었다. 십 대 학창 시절을 지나오며 수년간 참 많은 편지를 H와 주고받았다. 그가 여기 이곳에 적응하지 못하고 먼 나라들로 헤매 다니기 시작하면서부터는 메일을 주고받았다. 토론토에 정착하여 컴퓨터 엔지니어로 일하며 비교적 안정적으로 사는 것 같았다. 키 높이까지 쌓여 있는 눈 풍경이나 호숫가 사진들을 보내오기도 했다. 보고 싶은 얼굴은 사진 속에 없었다. 집을 수리하고 정원을 가꾼다고도 했다. 찾아가 만나볼 생각은 한 번도 하지 않았다. 언제나 너무 멀리 있었고, 그 거리에 비해 메일만으로도 늘 가까이 느껴졌다. 가끔씩 소식을 주고받으며 이어진 인연이 30년 가까이 되었다. 그동안 서너 번 정도 한국에 들어왔고, 동네 찻집에서 차를 마신 적이 있다. 그러고는 조용히 돌아갔다. 언제라도 불쑥 안부를 물었고 소식을 전해왔다. 십 대의 나와 사십 대의 나에 대해서, 그 변화와 곡절에 대해서 문제 삼지 않았다. 그건 나도 마찬가지였다.

얼마 전 오랜만에 메일을 썼는데 즉각적으로 답장이 왔다. 아프다고. 그럴 줄 알았다. 언제나 조금씩 아팠고 가난했다. 그런데 이번에는 조금 아픈 것이 아니었다. 암 말기이고 전이된 상태여서 통증이 심하다고 했다. 그렇게 되도록 도대체 뭘 하고 있었던 것일까 화가 났지만 차분하게 답장을 썼다. 힘내라고, 치료 잘 받으라고, 자주 연락 주라고 당부했다. 토론토로부터 열여섯 시간 떨어진 이곳 서울에서 멍한 날들이 계속되었다. 우리에게 주어진 시간이 얼마나 남은 것일까. 이렇게 띄엄띄엄 메일로 소식을 전하는 것이 앞으로는 더 이상 가능할 것 같지가 않아서 애가 탔다.

비행기 티켓을 예약하려고 보니, 토론토의 어느 병원에 있는지, 주소도 연락처도 알지 못했다. 다시 급하게 메일을 썼다. 주소와 연락처를 묻는 메일의 수신 확인은 되었지만 답장이 오지 않았다. 아직은 살아 있구나. 그런데 나는 내가 갈 곳을 몰랐다. 할 수 있는 일이 없었다. 구글맵으로 토론토 시내를 펼쳐 놓고 수십 개나 되는 병원의 이름들을 차례대로 훑어보았다. 병원 이름들이 복잡하고 길어서 눈에 잘 들어오지 않았다. 시란 자주 그런 상태에서 쓰여진다. 알 수 없는 마음일 때, 할 수 있는 것이 아무것도 없을 때, 끝내 도달할 수 없을 때.

내게는 그런 사람이 있다. 어느 날 문득 내게서 조용히 사라질 사람. 목련 꽃잎으로 봄마다 되살아날 사람. 곧 길고 추운 겨울이 올 텐데 우리가 그 시간을 함께 건너갈 수 있을까. 새 봄의 흰 목련 꽃봉오리에 대해 H에게 전할 수 있을까. 우리가 보내는 시간이 이토록 귀하고, 이토록 허무해서 시란 숲이 있고, 그곳에서 한 그루 나무에 대해 애써 말하는 것이 아닐까.

이근화 | 2004년 『현대문학』 등단. 시집 『칸트의 동물원』 『우리들의 진화』 『차가운 잠』 『내가 무엇을 쓴다 해도』 『뜨거운 입김으로 구성된 미래』 『나의 차가운 발을 덮어줘』 등. 김준성문학상, 현대문학상, 오장환문학상 수상.

하나

산림 치유

강계희

다섯 살 여자 아이는
오월의 창문에 어린
아카시아 향기다
엄마께 시골 냄새 난다고
응석을 부리고
아카시아 향기를 소리로 그려내고
다섯 살 계절의 색깔을 머금고
더해가는 푸르름으로
날마다 날마다 아카시아 향처럼
오월의 숲으로 자란다

강계희 | 2013년 『문학시대』 등단

대금

고광자

과물 해변으로
밤하늘에 수를 놓는 대금
향나무에 걸터앉은 초승달
귀담아 듣는다

아름다운 운율
영롱하고 은은한 달빛 속
소나무에 안긴 새들도
졸지 않고 감상한다

한라산의 귀가 길어졌다
바다가 엷은 파도로 들썩인다.

고광자 | 1996년 『순수문학』 등단

분노

고연석

넘치는 매연과 악취에
참다못한 검은 하늘이 호통을 친다.

자본주의 배설물이 폭군으로 돌변하여
천지를 뒤흔드는 한파, 가뭄, 폭풍우에

보물이 오물로 드러난 아수라장

더 큰 재앙이 밀려 올 것 같아
모골이 송연하다

서둘러
소중한 생명의 씨앗이 꿈꿀 수 있는
숲속으로 숲속으로 역주행을 해 보지만

극도로 치밀어 오른
화 덩어리는 식을 줄을 모른다.

고연석 | 2013년 작품집 등단

고향길

권소현(귀준)

동이 트기 전 집을 나서면
머리에는 샛별을 이고
인적이 없는 오솔길을 걷는다

강변의 조약돌도
곤히 잠들고 발소리에 놀라
후드득 날아가던 새

종달이었는지
파랑새였는지
그 새의 이름을 모른다

안경을 들고도
안경을 못 찾는 나이에
그 새를 찾고 있다

권소현(귀준) | 1993년 『문예한국』 등단

산림 치유

권희자

햇빛에 반짝이는 울창한 숲속에서
뻐꾹새 우는소리
까치 지저귀는 소릴 듣고 있으면
살짝 닿는 잎들이 눈맞춤 하며 반긴다

산바람에 키를 낮추며
가슴 설레도록 나를 어루만지는
평온한 산림들
소유욕 없는 초록 숲들이 몸 비비며
풋풋한 숲 향기를 세차게 뿜어
온몸을 적시는 초록 물결
묘한 풋냄새 향긋한 기운이
나를 깨어나게 하네
생에 벅찬 새 힘을 주네

권희자 | 1999년 『자유문학』 등단

비자림榧子林*에서

금동원

마음은 평온의 날개를 달고
고요하고 신비한 시간을 걷는다
천년의 무게로 내려앉는 햇살은
빛이 드리운 그림자의 걸음으로 그늘이 된다

나뭇가지에 앉은 지빠귀 한 마리
가만히 귀 기울이면 투명한 소리의 열락
깨끗하고 예민한 노래는
절대 청감을 지닌 우주새 같다

송이 화산석을 뽀드득 밟고 걷노라면
우주적 교감으로 뺨에 닿는 손길
부드럽게 스쳐 가는 바람의 온기에
획 뒤돌아보면 깃털처럼 벌써 사라지고 없다

---

* 비자림: 천년의 세월이 녹아든 제주 구좌읍 평대리에 위치한, 500~800년생 비자나무들
이 자생하는 세계적으로도 희귀한 장소.

금동원 | 2003년 『지구문학』 등단

소양강

금시아

삶에 급체해 일상이 범람하면 종종 내달리던 강가

강기슭에서 돌팔매질하다 제풀에 지쳐 수면을 바라본다 어떤 골칫거리에도 편견 없다는 듯 단정이나 의혹이나 명령이 아닌 그저 맑갛고 차가운 수평을 오래도록 듣는다

답이라는 건 부러질 듯 휘어진 다음에야 겨우 파닥거리는 것일까 세상에서 가장 큰 깃발을 흔들고 있을 뿐 가파른 곡류를 휘돌아와 무심히 기억하거나 방류하는 저 유유한 처방전,

하늘이 수면을 쓰윽 베어 구름 내장을 훔쳐 달아난다
도돌이표가 없다

금시아 | 2014년 『시와표현』 등단

수목원 詩 울림

雪津 김광자

나무가 詩를 짓는다
초록물 밴 詩 울림의 가지들
금빛 햇살 춤을 추는 윤슬의 봄 물결

휘어지는 가지마다 굴 우물을 찍는 펜촉
詩의 휘호가 줄줄이 잎눈을 뜨는 詩 나무
추사 김정희 명필로 알알이 詩語가 맺히네

시를 쓰는 樹林공원
여생을 마감한 시인들의 혼이
백골분분白骨芬芬한 청솔로 자란 수목장
솔잣새 청아한 영가를 솎아낸 연초록 잎새
저리 저리도록 간들바람 물결치는
詩 울림을 리허설하는 수목장 공원의
나!
다시 장수목 仙人喬로 살리라.

김광자 | 1992년 『월간문학』 등단

무량한 손

김규은

무심코
뽑아 버리려던 새순
다시 본다
씨를 뿌린 일도 없이
움터 자라는 새싹
낯선 반가움 소롯하다
너 누군지
내력 모른다 해도
내 뜰에 뿌린 내린 너는
내 식구 나의 꽃이다
무량한 손 하늘 아래
한 덩이 온 생명이다.

김규은 | 1991년 『월간문학』 등단

징후

김규화

TV에서는 빙산이 쩍쩍 갈라진다

금년 겨울은 추위가 덜하려나

빙산은 나의 조상이 살던 땅,

이제는 널따란 바다로 몸을 바꾸려나

우리는 바다에서만은 살지 못하지

빙산이 이제껏 바다를 막아주었지

태풍이 바다 위에서 칼바람을 불어댄다

올여름은 더위가 곱절로 더하겠다

김규화 | 1966년 『시문학』 등단

앞산을 보며

김근숙

아이야
우리 생각 많은 날에는
말없이 서 있는 앞산에 오르자

산새들 포르르 마중 나오고
떠난 인연 기다리듯
동백꽃 몇 송이 웃고 있지 않더냐

기억의 끝자락에
남길 만한 얼굴하나 애써 찾다가
고개를 들면
아! 거기에 펼쳐진 눈 시린 동천冬天

거친 나목裸木에 연두색 옷 입히러
아이야 우리 앞산에 오르자

김근숙 | 1960년 여원문학상 등단

산에 와서

김남조

빗속 설악이
이마에 구름의 띠를
가슴 아래론 안개를 둘렀네
할 말을 마친 이들이
아렴풋 꿈속처럼
살결 맞대었구나

일찍이 이름을 버린
무명용사나 무명성인 같은
나무들,
바위들,

청산에 살아
이름도 잊은 이들이
빗속에 벗은 몸 그대로
편안하여라
따뜻하여라
사람이 죽으면
산이 와 안기는 까닭을
오늘 알겠네

김남조 | 1950년 연합신문 등단

흰 꽃이 지천이다

김미녀

어머니가 안 계신 5월은,
미루나무 한 그루
오롯이 서 있는 들판의 풍경이다
그곳에서는
멀고 깊은 그리움만 바람에 섞여
세상의 일들로 흔들린다
눈으로는 장미가 한창 붉은데
마음밭에는 다만
흰 꽃이 지천이다
희다와 슬프다가 동의어로 피어있다.

김미녀 | 1993년 『월간문학』 등단

봄을 위하여
- 가지치기

김미순

겨울나기로 침묵하는
뿌리 밑 수액을 끌어올리는
분주한 봄바람

외줄 사랑에 빠져
한 나무만 감아 올라간
넝쿨과 잡풀을 걷어낸 햇살 가위가
태양의 심장을 따라 돌며 가지치기를 합니다

잘라낸 만큼 욕심의 키를 줄인 만큼
하늘은 넓어지고
꽃 피울 땅은 가까워지고.

김미순 | 1990년 『문학과의식』 등단

그리운 것들

김미정

회색 빌딩에 부대낀 새들이 줄지어 날아간다
초록 숨결 무성한 그리운 원시의 숲을 향하여
허나 맘 놓고 깃을 접을 데는 없고
가쁜 신음소리 지구별에 가득하다
문명의 이기와 욕망들,
그 혼탁한 물살에 영혼마저 휩쓸리고
자멸하듯 살아가는, 우리 인간의 어리석음이여
우주의 큰 눈 하나, 눈물 그렁대며
비극의 다음 페이지, 곳곳에 펼쳐 보이는데,
잃어서 그리운 것들 찾아 날지만
모른 체 외면한 소리, 신음소리들 가득하다
정신 차려! 사람아, 그건 바로 무언의 호통 소리
신발 끈 고쳐 매고 그리운 것들 되돌려야 해
진정, 치유와 상생의 길로 바삐 걸어야 해

김미정 | 1993년 『문예사조』 등단

하늘과 땅 그리고 나

김보림

바람이 불어
마음이 움직이면
산에 오른다
한사코 멀어지지 않으려는 세상을
뒤로 밀며
산을 당겨 하늘을 향해 간다
어느새
바람은 산으로 달려와
나무를 흔들고
잎새들도 덩달아 일렁이는
숲속을 헤매이다
잃어버린 자아
하늘과 땅과
숲이 있었다.

김보림 | 1989년 『문학공간』 등단

엿보기

김선아

무덤덤한 것에 렌즈를 펼쳐 들고
돌아보세요 하고 말을 걸었더니
신기하게도 새는 서운암 공작새는
주름투성이 발가락을 콕콕 찍으며
꽁지를 돌리기 시작했다 물소리가 들렸다

오월의 향기가 쏟아지는 햇살
이팝나무 아래 붓꽃 작약 마가렛
연못 속 자라도 햇살과 그늘을 휘휘 저으며
육십 숫자 청춘을 홀쭉하게 녹였다

풀물을 넘어가는 바람의 날개 끝에 구름이 와 닿았다
흩어지는 휘파람을 쓸어안으면
가는 줄도 모르고 놓친 시선에도
겨우 알아차린 냉기의 계절이 살그머니 돌아서려나

연둣빛 사리를 삼켰는지
나긋나긋 부풀기를 쏟아내는 연한 꽃말들
색색깔 이름이 헤엄치는 천연 물질에서는
한 벌뿐인 내 마음의 한지장에도 감물이 든다.

김선아 | 2007년 『문학공간』 등단

산림 치유
- 속울음

여강 김선영

쑥부쟁이
구절초가
하늘거리는
들길에 서서

긴 시간을
무릎 위로
끌어당긴다

텅 빈 속을
가득 채울 때

마음밭에
햇살 한 줌
얹어 놓는다.

여 강(김선영) | 2011년 『순수문학』 등단

산소정원

김송포

산소가 허기지다 일부러 산소를 구입해 마실 정도로 쉼표의 정원을 찾다 키가 쭉 뻗은 메타세콰이아 허리를 만지며 자랑스러웠다 나무가 푹신한 길까지 안내해 주고 정상까지 인도해 주었다 한 뼘이라도 더 마시려고 너럭바위에 누워 숲 사이를 비집고 하늘을 빌려다 숲에서 불면을 치유했다 나무가 주인이다 잎의 숨을 빌려 잠시 쉬어가는 손님은 높디높은 당신을 우러러볼 것이다 녹색 정원이 하룻밤 같이 지새우며 웃자고 허허 농담을 나눈다

김송포 | 2013년 『시문학』 등단

삼잎국화꽃에 앉은 네발 나비

김시림

어디로 가는 길이었을까
산자락 비포장도로, 납작하게 죽어 있는 뱀

바퀴가 밟고 간 웅덩이
깨진 물거울이 울고 있었어

길모퉁이 돌아
아파트 공사로 사라져 갈
오래된 마을

낙엽 빛깔 네발 나비가 삼잎국화꽃에 앉아
비단 실 가는 다리로
양 날개를 오므렸다 폈다 골똘히 꿀을 빨고 있었어

머지않아 불도저에 깔려
길도 논밭도 나무도 꽃도
마을 따라 사라질 거라는 생각은 추호도 하지 않은 채

돌아오는 길
웅덩이에 빠진 내 발도 흠뻑 젖고 말았어

김시림 | 1991년 「한국문학예술」, 2019 「불교문예」 등단

산으로 간다

김옥남

가슴을 아리게 하는
알 수 없는 그리움의 잔해
순간, 해파리처럼 흐느적거리는 팔과 다리
풀썩 주저앉아 일어설 수가 없다

숲으로 가자

발끝에 힘 모아 오르고 또 오르다
숲과 한 몸 되어 가슴에 품는다
나뭇가지 사이로 내리는 햇살
향기로운 바람
어느새 몸은 새털처럼 가벼워진다

휘날리는 단풍비 사사삭
사사삭, 달팽이관을 깨운다
뒤섞인 아린 그리움
바람으로 뒹군다

김옥남 | 2010년 계간 『문파』 등단

풀숲 푸르게 푸르게

김정원

풀 한 포기 보이지 않으면
사막이라 했다

어느 땐 쓸모 없는 잡초라 내던져져도
남루한 풀옷이 빛나는 융단 아니었나

허기진 염천炎天 피란길 그때
풋푸른 풀숲 죽도록 눕고 싶어 흘린 푸른 눈물

어릴 적 코고무신 적신 이슬 풀 향기
풀숲 헤치고 잡던 메뚜기 숨바꼭질 거기,

어디든 척박한 땅 찾고 찾아 어두운 지구촌
'마음껏 꾸며보라'시던 아득한 그날 이후

등 터진 언덕배기 나무 푸념하면서도
풀들아 네가 온 둘레 생기를 뿌리는구나
우린 참 어울려요 푸르게 푸르게 함께 가자꾸나.

김정원 | 1985년 『월간문학』 등단

물푸레나무

김정조

물을 푸르게 하는 하늘빛 담은 물
파르라니 물들인 스님의 옷자락

표피엔 가슴이 뻥 뚫린 듯
비우고 비운 흰빛 흔적
산사에서 스님이 눈빛으로 키우는 나무

선비의 가느다란 회초리가 되어
자신의 종아리 단호히 내려치는 소리

몸은 가볍고 정신은 늘 반성하기
맑은 물가에서 푸른 마음 키우기

김정조 | 2005년 『경기문학』 등단

자연 그리고 득음得音

素心 김정희

흐드러진 꽃잎과
낙엽 지는 오솔길은

눈 밝은 어진 이들
진리의 맑은 거울

자연은 진리를 보여주는
글 없는 책인 까닭에

소리 찾아 나섰건만
마음 귀 열리지 않고

시신詩神을 만나러
빈 골짝을 헤매던 세월

무현금無絃琴 있는 줄 몰랐네
솔바람 그윽한 곳에.

김정희 | 1975년 『시조문학』 등단

한 그루 사람 나무가 되어

김종희

햇빛이 빛나는 날
나무들이 사는 숲으로 가서
가만히 나무 그늘에 기대어 서 보라
연녹색의 울울창창한 나뭇잎들
너를 반기며
너를 해에게 알리며
너를 읽고 너를 위로할 것이니
저 보이지 않는 위로의 푸른 숨결
조용히 네 안으로 들어와
지친 너를 소생시킬 것이니
숲은 네 몸 밖의 폐요 기관지
너는 한 그루 사람 나무가 되어
해를 바라고
그리움과 희망을 키우는 숲
고요한 우주의 중심이 되리

김종희 | 1982년 『시문학』 등단

푸른 목소리

김태실

나를 불렀나요
바람결에 문 두드리는 소리
인제 왔냐며 잡는 손
수천수만 자작나무 어깨 나란히
멀리서 찾아온 내 허기를 품어 주는군요
마음 열어 보이는 그대 가슴은 희고 고와서
몇 번이고 얼굴을 묻어 봅니다

나를 기다렸나요
숲 깊이 들어와서야 그대 편지를 읽습니다
회색빛에 찌들어 허덕이던 영혼
가늠할 수 없는 초록에 평안합니다
오래전부터 묵묵히 맑은 기운을 보내고 있는
그나마 세상이 어둡지 않은 이유
숨 쉴 수 있는 이유
그대가 있기 때문입니다

김태실 | 2004년 『한국문인』 등단

김태은

나무들 풀이 죽어 신음하는 저물녘
스모그 자욱한 회색 숲정이 너머로
녹슨 보름달 뜨면 눈물 섞어 닦아 본다.

도화지만 한 창문에 하나둘 불이 켜지고
연두 불길 들어닥칠 때 팔을 걷어붙이고
먹초록 깊은 숲속에 방 한 칸 세 들고 싶다.

큰 나무와 작은 나무가 섞인 숲은 아름답다
혼자는 제 아무리 무성해도 숲은 아니다
다 함께 푸른 물 올라 우거진 녹음 속으로.

서둘러 단아한 풀꽃 무늬 윗옷 걸치고
솔바람 푸른 햇살 가는 목에 감기면
황사 잔 남산 숲에도 오동꽃 빛 돌겠지.

김태은 | 1990년 동아일보 등단

지구야 미안해

김현지

바닷가에 떠밀려 내려온 무지막지한
쓰레기 더미 속에 서 있는
노인의 허탈한 얼굴이 클로즈업되는 TV 화면

내가 버린 것
네가 버린 것
뒤섞여 흐르고 흘러 흘러
섬을 이루고 산을 이루는 온갖 것들

플라스틱 병 하나
비닐 한 조각 없이도 우리 참 잘 살아왔는데

코로나로 갇힌 집집마다
택배로 불러들이고 그 껍질 쏟아내는
저 수많은 쓰레기들 다 어디로 가는지
갈 데나 있는지? …

끝내는 돌아와 내 문전에 쌓이고 말
폐비닐, 페트병, 스티로폼, …
쌓이고 쌓여 산을 이루고
골짜기 메워져 숨이 막혀 아프다는 지구

지구야 미안해!

김현지 | 1988년 『월간문학』 등단

희망의 아침바다
– 새 생명 탄생을 축하하며

김후란

첫 햇살이 손을 내밀면
바다는 눈을 뜬다
조금씩 조금씩
물무늬를 이루며
바람으로 몸을 씻고 일어선다

푸른 몸짓으로 다가온
천사의 맨발에 입을 맞추고
황금빛 옷자락 휘날리며
두 주먹 불끈 쥔 개선장군 모습으로
미래를 바라본다

어디선가 향기로운 피리 소리 들린다
바다의 왕자 고래가 춤춘다
패기 넘치는 바다
날마다 새롭게 빛나는
희망의 아침 바다 오현우!

(동요가사)

김후란 | 1959년 『현대문학』 등단

기쁨도 우연이다

토성 산책길 뽕나무 아래
오디가 까맣게 밟혔다

뽕잎을 손질하는 엄마
누애의 사각거림
도투마리 바디 소리
명주실 타래가 이어주는 부드러움
다듬이 소리가 들리는 듯 멀다

뽕나무 잎에 거미가 줄을 친다
가난이 입에 줄을 친다
보릿고개라 한다
비단이 사치라면서도
비단을 입힌 엄마

베틀 소리가 환청인가
오디 떨어지는 소리가 소리를 깬다
기쁨도 우연이다

그리움은 늘 그립다

나숙자 | 1992년 『문예사조』 등단

펜화

문 설

사라져도 보이는 구멍들이 있다
그 앞에 서면 이야기를 나누는 나무 평상들 돌담집 간판이 먼지를 뒤집
어쓴 채
　담배와 막걸리를 팔고 있다 삼거리 약방에서 봉평 상회에 이르는 길에는
문방구에서
　군것질하는 아이들 미미네 미장원에는 곗돈을 챙겨 도망친 여자의 욕이
잘려나간 머리카락만큼 수북하다 행운 떡집에서 모락모락 김을 내뿜는 수
건들이 동네의 비밀을 나눠 먹고 있다 느티나무 아래에는 군용바지가 훈수
를 두고
　코를 골며 잠든 검둥이가 녹슨 자전거를 지키고 있다

길고 가는 점들이
무수한 선들이 모여 정교해지는 풍경들

손을 뻗어 들리지 않는 사연을 건드린다
빛바랜 우체통이 서 있던 길에는 건널 수 없는 신호등이 켜져 있다

평평한 구멍을 들여다보면
거기 꽈리를 부는
당신의 당신이 환하게 보인다

문 설 | 2017년 『시와경계』 등단

숲은 보약

박성금

지구는 산성화로 몸살을 앓고 있다
바이러스가 들끓어 호흡을 마음대로 할 수 없어
마스크가 필수품이 되어 버리고
기후는 온난화로 변해가니 폭풍우가 우리를 괴롭혀
그 속에서 우리 인간은 버티어 보려고
건강 식품이니 의료기기가 남발이니
속고 속는 세상에 물들고 있다

우리는 살아가야 할 이유이기에 숲을 만들자
건강 증진과 면역력 향상을 위해
음이온 피톤치드 맑은 산소가 있는 곳
건강을 찾으러 그 숲으로 보약을 마시러 가자

박성금 | 2018년 『순수문학』 등단

입추

풀벌레들 하모니 살아있다
밤늦도록 지칠 줄 모르고
빈 의자들 차양 위로 토실토실 영글다
참 도토리 밤의 적막을 툭툭 깨트린다
활기차다, 공원 숲길 돌아돌아 걷는 사람들
목줄 묶은 강아지들, 산들바람 운동 나온 아이들
배드민턴 치는 사람들이
그 목소리 어둠을 가로지른다
하루치 고단함을 마스크 갈듯
초가을 문턱 사색의 끈을 몰아잡고
사람들이 밤의 숲 터널을 빠져나간다

박수화 | 2004년 평화신문 등단

남산 소나무숲

효원 박숙희

그 옛날 벌거숭이 남산이
지금은 서울의 자랑 초록의 숲
피톤치드 샤워장 되었네

사월이면 소나무 묘목을 심고
팔월이면 손가락만큼이나
커다란 송충이 잡으며
체육 선생님을 원망했었지

서울 중심에 우뚝 서서
긴 세월 맑은 공기 쉼터 돼주며
아롱아롱 여고 시절 추억이 숨쉬는
자랑스러운 남산 소나무숲

박숙희 | 2007년 『한맥문학』 등단

무너지는 하늘

박영하

비가 내린다
때 묻은 지상에
춤추는 도시의 빌딩들
어둠 위에
비가 내린다
지금 이 순간
모든 사물 위에
슬픈 가랑비만 내린다
내가 살고 있는 지상에는
비가 내리지 않고는 깨끗한
도시가 되질 않아
어느 곳엔 비가 너무 많이 내려
지구 한쪽 귀퉁이가
무너져 내리는 것을 나는
TV 뉴스에서 보았다
믿음이 무너지는 것을 보았다
어느 하늘 밑엔 무정한 비만 내리고
모두가 가야 할 깨끗한
우리들의 길은
아득하기만 하다

박영하 | 1988년 시집 『의식의 바다』 등단

위로의 꽃 2

박정하

코로나 삼 년, 올 여름, 내 최고의 위로의 꽃은
새로 막 지어진, 마을 공원 옥상의 풀꽃들이다
올봄에도, 공원에는 어김없이
벚꽃, 목련 등, 그 많은 꽃들이, 많이 피었건만
지금은 오월의 여왕 장미까지
그럼에도, 그런 꽃들에는, 별 감흥도 없던 차
공원 옥상 담장 밑, 갑자기 활기차게 피어난
빨갛고 노랗고 하얀 풀꽃들에 갑자기 생기가 돈아난다
이 풀꽃들은, 지루한 이, 여름날에 맞춰,
마구잡이로, 봄에 씨 뿌려진 듯하다
요즘 공원에는 이런 외래,
풀꽃 아닌, 풀꽃들이 대세인 듯도 하다.

박정하 | 1998년 『지구문학』 등단

아침 편지

박정희

나무 위의 비둘기
아침마다 손바닥
조각 편지 써 보낸다
읽어 보고 지우고
다시 지우고
오래전 그림 편지
촉촉한 미소
거듭 지우고
뒷모습 흩날리는
비둘기 머리카락
나란히 헤아려
날려 보낸다
오래 펄럭였던 얘기 한 줌 바람으로 정결했다

박정희 | 1958년 『현대문학』 등단

만능 치료사

박종숙

숲에 들어선다
천천히 숲의 향기를 맡는다
온몸의 세포가 잠에서 깨는 것 같다
온갖 나무들이 웃고 있는 숲에서
숨을 크게 들이마시고 조금씩 뱉어본다
그동안 마음껏 삼키지도 못했던 바깥공기
배가 부르도록 바람을 마셔본다
숲의 향기가 온몸을 돌고 돌아
구석구석 치유를 한다
자연의 손길은 만능 치료사
숲에 오면 모든 병이 나을 것만 같은데
우린 숲을 잘 지키고 있는 걸까.

박종숙 | 1992년 『시대문학』 등단

탄소중립을 위하여

백미숙

어린 시절 뒷동산 숲속에서 뛰어놀던 그리움에
쓸쓸한 낙엽 한 잎 주워들고 걷는 산책길
벤치에 앉아 쉬어 볼까 주위를 살펴보니
댕그랑 발에 밟히는 음료수 깡통
초록 들풀 사이에 숨어있는 비닐봉지들
빗물 고랑에 버려진 담배꽁초 과자 봉지들
무심코 버린 것들이 비바람에 산화되어
대지를 바다를 강물을 생태계를 교란시키고 있다

잘살아 보자며 산업 발전 쫓으며 살아온 삶의 생채기가 썩어
웃다가 울고 있는 아이처럼 일그러진 자연 생태계
지구의 혈관에서 붉은 피톨이 점점 사라지는 게 아닐까
전기 아껴쓰기 대중교통 이용하기 비닐봉지 사용 않기
일상의 작은 관심이 지구를 살리는 일이요
우리가 행복하게 살 수 있는 일이 아닐까
대형 폭풍우 힌남노가 할퀴고 지나간 슬픔이 강둑에 질펀하다

백미숙 | 2005년 「한국문인」 등단

안녕, 지구야!

백창희 (필명: 베짱이)

동글동글
우리 함께 손을 잡아요

2억 년 전 공룡들은 지금 없지만
지금도 살아있는 화석 은행나무처럼
곰들은 우리와 오래도록 함께 살고 싶대요

지구별 반대편을 둘러보아요
살아가는 모습은 달라도 우리는 하나
서로 존중하고 한 마음으로 아끼며 살아요

갯벌이 살아나고,
푸른 숲이 다시 돌아오면
더 많은 생물 친구와 행복한 지구를 만들어가요

100년이 지나고
다시 6천만 년이 흘러도
초록별 지구에서 함께 살아가는 행복한 우리가 되어요

백창희 | 2014년 『한국아동문예작가회』 동시 등단

캠페인이 필요하다

서근희

복날에 고기보다 채개장을 드세요
채개장은 고사리를 비롯해
나물과 두부 버섯 파 등으로
끓인 채식 육개장으로
사찰 음식 중에 대표 보양식

소고기 1kg당 26.5kg 이산화탄소 배출한다고
온실가스 배출의 주범인 육류
보다 채식 권장이 필요해요

홍수 가뭄 산불 소식에
하늘을 원망하지 마세요

지구 기온이 올라가고 있어요
제일 먼저 모두가
육류 절제 운동을 함께합시다

서근희 | 1989년 『문예한국』 등단

공원에서

신미철

집 근처에 작은 공원이 있다
나무 삼십여 그루가 서 있는 곳-
그곳이 나의 쉼터가 된다
벤치에 앉아서 하늘을 바라본다
나무들을 바라보면서
마음의 평안을 얻으며 책을 읽는다
삶이 파란 하늘빛이고
초록빛으로 보이는 (행복한) 시간이다
젊은 날에 꿈꾸던 미래도
저 푸른 하늘빛이고, 저 싱그러운 녹음 빛이었으리라
백발이 된 지금도 마음은 푸르기만 한데……

신미철 | 1983년 『심상』 등단

나무 물 먹는 소리

신새별

나무 물 마시는 소리 들었다! 에이, 거짓말.

'숲 체험' 하러 가서
나무둥치에 청진기를 댔더니,
꾸르륵꾸르륵했어.

나무가 물 먹는 소리로
들
렸
어.

물 마시고 하늘 높이 걸어가는
나무의 발자국 소리와도 같았어.

목말라 칭얼대는
나뭇잎
꽃잎
열매들
달래주러 가는 소리.

신새별 | 1998년 『아동문예』 등단

너를 부른다

신영옥

너를 사랑이라 부르면
사랑이 달려와 사랑을 낳고
너를 꽃이라 부르면
꽃길이 환하게 열리는 것을
그렇게 부르기가 너무도 어려워
에움길에 눈물이 나고 폭풍을 만났었지
소중한 이 아침
구름을 껴안는 푸른 하늘처럼
여울목에 흐르는 샘물처럼
맑게 흐르는 영혼을 위하여
너를 부른다
너는 사랑, 너는 꽃이라고

신영옥 | 1994년 『문학과의식』 등단

해바라기에게

신주원

작은 키 햇덩이 하늘 향하고, 눈동자 맹글맹글 돌고 돌아 어지럽다.

잎새 뒤 숨어 널 닮은 하얀 이 드러내 얘기보따리 풀면, 향내음 따뜻하다.

어지러움 속 고향 산천 향해 몸 숙일 땐 늘푸른 온 마을길 시끄러워 네 황금 매무샌 늘 곱다. 그런 해바라기 네 옆 한 채 집 짓고 천세만세 살고 싶다.

신주원 | 2001년 『문예사조』 등단

11월

낙엽이 바람에 뒹굴고 있다
뒹구는 낙엽 위에 비가 내렸다

태풍처럼 비바람을 몰고 오기도 하고
쓴맛 가득한 세상들의 냄새도

가을 한복판이
다 젖었다

허리 굽은 노인이
낙엽을 쓸고 있다
"낙엽이 비 맞으면 뒹굴지도 못해요"

나무들도
저렇게 나이 들겠다

심상옥 | 1982년 시집 등단

잊었었네, 나무

안영희

오래 잠겼던 몸 튕겨 오르듯이 바람을 탔네
종점에서 종점 가기, 의 푯말을 좇아 핸드폰을 뒤지다가
내 사는 곳이 지붕 없는 박물관 구역에 속한다는 것을 읽고

길상사, 심우장, 이태준 가옥, 최순우 옛집, 이종석 별장…
그리운 풍경들이 금세 몸 풀어 밀려드는 봄 강물이었네
낙산의 경사를 넘어, 꺾이는 골목들을 지나, 햇볕 치는 대로^{大路} 좇고, 좇아갔으나
몸뚱이 벌겋게 익은 지렁이 한 마리 5월의 한낮 8차선 대로변에
던져져 있었네 더는 갈 바를 잃고
간다는 번호만 안 찍힌, 마을버스 정류장 표지판 아래
봄날을 송두리째 족부외과 의사가 저당 잡은, 압박 붕대에 포박된 내 발
집에 돌아와 반란했던 발을 씻기고 창문을 향해 앉으니

바람 속에, 바람 속에 몸을 푼 나무들이
창창 아침의 무한 해안선인 양 나를 향해 밀려들고 있었네
아, 잊었었네 잠시

안영희 | 1990년 시집 『멀어지는 것은 아름답다』 등단

자작나무 숲에서

양계향

빽빽하게 들어서서 도열하듯 서 있으며
높다란 가지 끝에 살랑대는 초록 잎들
하늘로 올라오라고
손짓하고 있는가

하얗게 단장한 미끈한 기둥에는
지상의 모습들을 살펴보는 검은 눈들
나무의 향연 속에서
꿈꾸는 듯 취해본다

양계향 | 1990년 『시조문학』 등단

木

산림 치유

엄영자

긴 길 같이 걸어 온 남편은 말다툼이라도 할 때면
"아무것도 아닌 것이" 깊은 이 말을 뱉는다

내 삶의 뒤를 돌아보니 아무것도 아닌 세월이
씩씩한 척 우뚝 솟은 척 가뭇없다

떠돌고 방황하고 산으로 이주했지만
어깨에 매달린 삶의 무게는 여전했다

산에는 산 식솔들이 소리로 엮여져 공동체를 이루고
꽃들은 철 따라 긴 붓 휘둘러 정체를 알리는
수식어가 가득 찬 이곳

아무것도 아닌 삶에 아무렇지 않게 시간들이
웃는 듯 마는 듯 실없이 미소 짓게 하는 곳

소리와 향기와 익숙한 몸짓들과
흔들림에 그윽한 나날들과.

엄영자 | 1995년 「문예사조」 등단

둘

궁궐의 후원을 걸으며

강경애

무더위가 기승을 부리던 어느 날, 옛 친구를 만나 창덕궁을 찾게 되었다. 먼 남해에서 올라온 그녀는 불쑥 궁궐의 후원에 가서 역대 왕들의 숨결을 느끼며 지난 역사를 되새겨 보고, 그들이 거닐었던 숲속에서 더위를 식히자고 했다.

요즘은 누군가를 만나면 예전처럼 고궁을 가기보다는 시내를 벗어나 여행을 하든지 아니면 영화관이나 카페를 가는 것이 일반적인 추세이다. 그러기에 지난 역사의 현장인 궁궐은 멀리서 여행을 온 이방인들이 우리나라의 문화를 체험하기 위해 가는 정도로만 알고 있다. 그런데 느닷없이 한 여름에 옛 궁궐의 뒷동산을 가자고 하니 난감했지만 그녀의 부탁이기에 그곳으로 발길을 옮기게 되었다.

실로 궁궐을 찾은 것은 꽤 오랜만의 일이었다. 사실 도심에서 숲 향기를 맡으며 머리를 식힐 수 있는 조용한 곳을 찾기란 쉬운 일은 아니다. 여러 곳에 숲이 조성되어 있지만 어디를 가나 사람들이 많아 지친 영혼이 치유되기가 쉽지 않기 때문이다.

도착해 보니, 한적해 보이는 입구와는 달리 더운 날씨에도 불구하고 생각 외로 많은 내외국인들이 삼삼오오 짝을 지어 궁궐의 이곳저곳을 둘러보며 인증사진을 찍고 있었다. 우리는 창덕궁을 한 바퀴 돌아보고 예전에는 비원이라고 불렸던 후원에 가기로 했다.

창덕궁은 그 넓은 후원 때문에 다른 궁궐보다 왕들이 좋아했다는 곳이다. 그리고 누구나 둘러볼 수는 있지만, 옛 왕실 정원이라 보존하는 의미에서 입장객을 한정 인원만 모아서 문화 해설사의 설명을 들으며 다녀야 했다.

조선 3대 태종 때 건립된 창덕궁은 역대 왕들이 정치를 하고 지내던 곳이며, 1997년 유네스코 세계문화유산으로 지정되었다. 그리고 후원은 창덕궁 건립과 함께 조성되었으나 임진왜란 때 소실되어 다시 복원되었다. 또한 창덕궁 후원은 인위적으로 조성한 것이 아니라 자연 지형을 크게 훼손하지 않고 그대로 살리면서 가꾼 정원이라, 마치 산속의 울창한 숲속에 들어간 것 같은 느낌이 들도록 되어 있다.

초입부터 문화 해설사의 자세한 설명을 들으며 방문객들은 귀를 바짝 세우고 학창시절에 배웠던 역사를 기억해 내며 한마디라도 놓칠세라 열심히 그 뒤를 쫓아 다녔다.

이곳에는 골짜기 지형에 어울리게 조성된 부용지, 애련지, 관람지, 옥류천 등이 있는데, 곳곳마다 숨겨진 이야기들이 있어 그 당시의 실정을 어렴풋이나마 상상할 수 있었다.

역사의 뒤안길로 사라져간 왕들의 일상과 그들의 비밀스러운 이야기는 언제 들어도 흥미롭고, 정쟁에 휘말려 목숨을 잃고 사라져 버린 왕이나 신하들의 굴곡진 삶의 편린들은 가슴을 저미게 한다. 시대를 초월해 전해지는 그 이야기들이 다 진실일 수는 없겠지만, 야화든 역사적 진실이든 모두가 기억해 둘 일이다.

궁궐의 후원을 걸을 때 무엇보다 우리를 사로잡은 것은 울창한 나무들로 뒤덮인 숲과 꽃들, 그리고 정자와 연못이었다. 예전의 왕들과 그 자손들이 이곳에서 안식을 취하며 공부하고 정사를 논하기도 하면서 거닐었던 것을 생각하며 걸으니, 어느 길목이든 예사롭게 보이지 않았다.

그중에서도 나와 친구의 관심을 끈 것은 정조가 학문을 연구하던 규장각이었다. 가까이 갈 수 없어서 잘 볼 수는 없었지만 왕실 도서를 보관하는 도서관으로서는 규모가 작은 듯 보였다. 2층 누각 건물로, 1층은 주합루고 2층이 규장각이라고 한다. 무엇보다 규장각은 정조 대왕이 이룬 업적 면에서도 역사적 의미가 크기에 쉽게 눈길을 돌릴 수가 없었다.

또한 숙종이 좋아했다는 연꽃이 가득 들어차 있는 애련지와 누각인 애련정, 그리고 그곳에서 제일 아름답다는 관람지. 그 옆의 관람정은 부채꼴 모양이었는데 현판은 나뭇잎으로 되어 있었다. 그 예술적 문양이 눈길을 사로잡아 한동안 그것을 쳐다보느라 일행을 놓치기도 했다.

도심 안에 궁궐이 있고 그에 수반되는 박물관이나 미술관이 있으면 일석이조로 문화를 경험할 수 있다. 미국 뉴욕 도심의 메트로폴리탄 박물관 동쪽에 있는 센트럴 파크의 울창한 숲속에서 휴식도 취하고, 박물관에서 세계의 역사 유물들도 볼 수 있듯이 말이다.

그러고 보면 창덕궁 후원도 센트럴 파크 못지않다. 많은 정원들과 정자와 연못이 있어 그 곳곳마다 숲이 우거져 있고 옛 왕들과 그 자손들의 이야기와 발자취가 묻어 있어 아직도 그들의 숨결이 느껴지기 때문이다.

친구와 나는 멀리 나가지 않고도 도심 안의 궁궐 후원을 거닐면서 울창한 숲속에서 수백 년 된 나무들이 풍기는 피톤치드를 흠뻑 마셨다. 뿐만 아니라 우거진 숲속을 거닐면서 정사나 학문에 몰두했던 왕들의 숨겨진 이야기들을 들은 것만으로도 그동안 지친 마음이 치유된 느낌이 들었다. 역사는 과거이기도 하지만 미래의 이정표가 되기도 한다는 생각을 하면서 말이다.

강경애 | 1992 「시와비평」 등단

파지破紙와 의지義肢

권남희

시간의 흔적에 집착하는 이유는 무엇일까. 웬만한 일들은 무심하게 흘리고 아무 일도 아닌 것처럼 스치면서 때로 바람처럼 지나가는 시간과 일들에 마음을 두고 붙잡으려 애를 쓴다.

김동리 소설가에게 공부할 때였다. 앞줄에 앉아 강의를 녹음하고 받아 적으며 무심코 버리는 쪽지 한 장까지 챙기는 나에게 누군가 왜 그런 것을 주워서 간직하는지 물었다.

한국의 대문호 아닌가. 시간과 공간이 담긴 소설가의 필적을 챙겨두고 싶었다. 선생의 삶은 내 것이 아니지만 그는 이미 내 삶 속으로 들어앉았다. 그가 버린 파지라 해도 누군가에게는 빛나는 것이었다.

일본 소설가이며 화폐에도 나왔던 나쓰메 소세키는 따르는 제자와 팬이 많았다. 그중 우치다 햣켄과 류노스케 등 몇몇은 고정으로 댁을 드나드는 제자였다. 선생이 연재소설을 쓰다가 버리는 맞춤 원고지가 파지로 높게 쌓이니까 어느 날 선생의 허락을 구해 다른 제자와 나누어 가졌고 후에 다른 이에게도 기념품으로 주었다는 글이 있다.

우치다 햣켄은 '선생님의 퇴고 흔적을 그대로 더듬어 갈 수 있는 파지는 무엇과도 바꿀 수 없는 귀중한 것이다.'라는 글을 『나의 소세카와 류노스케』 책에 썼다.

귀중하다고 가치를 매기는 것들에 대한 생각은 시대마다 다르겠다. 보이지 않아도 빛나는 존재감은 무엇일까. 시공간을 뛰어넘어 천하를 얻기도 하고 영원히 사랑받는 인간의 삶은 진실된 마음으로 헌신하는 것이라 여긴다.

20년 계약이 끝난 아버지 무덤을 옮길 때였다. 아버지는 이제 흙으로 변해 아무것도 없겠구나 생각하며 비석이 꽂힌 천주교 묘지 주변을 서성였다.

산 중턱인데도 물이 차있어 안타깝게 바라보는데 관을 헤치자 해골보다 먼저 눈이 띄는 게 아버지의 다리였다. 까맣게 잊고 있던 다리, 용케도 함께 했구나. 아버지가 흙으로 소멸해갈 때까지 모든 것을 지켜준 다리. …마지막 무언가를 찾아낸 기쁨에 나는 삽으로 파헤치는 아저씨에게 다급하게 소리쳤다.

"아버지 다리인데 저 주세요."

말이 끝나자마자 어이없었는지 아저씨와 주변 사람들이 동시에 꾸짖음 같은 말을 던졌다.

"유골 추리는데 가져가는 게 아닙니다."

왕의 무덤들은 진즉 도굴당한 세상, 번호가 적힌 목걸이나 철모 등 아주 작은 DNA라도 찾기 위해 애를 쓰는, 전쟁 중 사망한 국군 유해 발굴단도 활동 중인데 안 될 게 뭐 있는가. 이럴 줄 알았으면 아버지가 쓰던 밥그릇이라도 넣어두어야 했다.

그동안 아무것도 남기지 않고 버렸다는 사실이 마음에 걸렸던 끝이라 이번에는 뭐라도 챙겨야 한다는 강박증을 보였다. 왜 앉음책상도 버렸고 수저도 노트도 농사 책도 다 사라졌을까, 사진 몇 장과 내게 맡겼던 원고와 친필 쪽지와 안경만 남아있다. 가져가도 딱히 둘 곳도 없고 무덤에서 나온 것을 집에 두는 사람은 없다는 데 의견이 모아져 내 뜻은 거절당했다. 아버지 다리와 비석은 화장장으로 갈 수 없어 다시 흙속으로 안치되는데 '현충원 있잖아요.' 비명을 내질렀다. 느닷없는 절박함이었다. '아버지 내가 성공해서 편히 모실게' 이런 거짓 약속도 앞으로는 남발할 수 없다는 생각 때문이었다.

어릴 때는 아버지의 한쪽 다리를 특별하게 생각했다. 용감한 전쟁 용사들은 모두 몸의 일부분을 잃고난 후 훈장처럼 의안 의수 의족 등 인공 사지를 달고 살았다.

아버지 다리를 들어 옮기거나 갖다 주는 일은 맏이인 내가 맡았다.

아버지가 허리에 띠를 둘러 입었던 의족을 풀면 무거우면서 내 키보다 크고 발까지 갖춘 다리를 벽 한쪽에 세웠다. 아버지의 잘려나간 한쪽 다리는 꿰맨 흔적이 역력한 허벅지 중간까지였다.

이른 아침이면 다시 허벅지 상단까지 만들어진 의족을 맞춰 끼워야 하니 다리를 챙겨드렸다. 날마다 의족 앞에서 살아갈 의지를 일으켜 세우는 아버지를 지켜보며 우리들은 또래보다 더 일찍 철이 들었다. 부분 마취 상태로 다리를 톱질하는 수술 과정을 통째로 들었던 아버지는 한동안 다리가 움직이는 듯한 환상과 진짜 통증으로 소리를 지르기도 했다.

돌아가실 때까지 진통제와 박카스와 의족은 삼위일체로 아버지를 지켰다.

마이크로 컴퓨터가 탑재된 무릎 장치가 개발된 시대도 아니니 자전거를 타도 한쪽으로만 페달을 밟았다. 아이들은 자전거를 타고 싶어도 태워달라고 하지 못했다.

발 장치도 없던 때 발목관절이 뻣뻣해 무릎 아래 삐침 걸음으로 절뚝거리며 아버지는 늘 농토를 지키고 땅에서 일생을 보냈다.

그 땅들이 도시 개발 정책으로 반토막이 나자 어머니가 어느 날 아버지 다리를 세워 들었다. 시청사를 향해 한 시간 거리를 걸어 묵직한 다리를 시장 앞에 던지며 1인 시위를 벌이기도 했다.

인생은 용기의 양에 따라 줄어들거나 늘어난다는데 아버지 의지義肢는 어머니에게 용기 있게 살아가도록 의지를 심어 준 게 분명했다.

자식에게 진짜 부끄러움이 무엇인지 깨닫게 만든 다리.

사춘기가 되고 아버지가 겪는 불편함이 고스란히 내게 전해졌지만 어릴 때처럼 자식들의 사소한 것들로 위로를 드릴 수 없다는 사실을 깨달았다. 수시로 통증을 겪을 때마다 진통제 한 알도 안 되는 내 존재가 하찮것없다는 생각으로 무기력해진 것이다.

어느 때부턴가 아버지의 고통을 모르는 척 공부를 핑계로 숨기 시작했다.

가혹하지만 살아가도록 마음의 意志를 만들어준 몸의 의지義肢….

생각한다.

다리는 가족을 떠나 더 깊숙한 땅속에서 고독한 시간으로 켜를 쌓다가 수백 년쯤 지나 누군가에게 발굴되기를 기다릴까. 전쟁 용사의 다리였다고 기뻐하는 이가 있을 수도….

이 새벽 나를 글 쓰는 이로 일으켜 세운 아버지의 원고 앞에서 '다행이야'를 되뇐다.

권남희 | 1987년 『월간문학』 등단

두려움을 입에 올리면

김상미

지난 가을 갑자기 입이 돌아갔다. 내 생일이라 친구들과 저녁을 먹던 밥상머리에서 음식을 씹을 때마다 오른쪽 얼굴이 마비되는 느낌이었다. 포비아 상태였다. 두려워서 응급실에 가자니 얼굴 형태는 아직 멀쩡한데 내 감각만으로 마비를 느끼는 것이었다. 술렁이는 마음과 끔찍한 기분으로 밤을 보냈다.

아침에 거울로 들여다본 얼굴은 대칭이 깨졌다는 것을 확인시켜주듯 오른쪽 눈썹이 아래로 쳐져있었다. 주말이라 병원문을 두드리는 것을 포기하고 산으로 향했다. 땀이 나는 운동과 맑은 공기를 쏘이는 것이 나을듯 싶었다. 오른쪽 눈이 침침해지더니 눈물까지 흘렀다. 남이 눈치채지 않도록 해야 하는 부담감이 불편함으로 다가왔다. 발음이 어눌한 것은 어찌할 수가 없지만 마스크를 쓰는 시대라서 다행이었다. 민낯으로 살기에 이 세상은 데면데면하지 않다는 것을 알았다.

균형이 깨진 내 얼굴을 보고 딸이 휴일에도 문을 여는 한의원을 검색하더니 전화로 진료예약을 했다. 젊은 의사는 내 얼굴을 보더니 손의 움직임과 얼굴 표정을 지어보라고 했다. 요즘 들어 심하게 스트레스 받은 일이 있느냐고 묻더니 '구안와사'라고 진단을 내렸다. 퍼더버리고 앉아 울어도 시원치 않을 것 같았다. 혈압이 높다는 진단을 받았을 때도 이렇게 충격적이지 않았다. 살아있다는 것이 혐오스럽게 느껴지는 이유는 뭘까.

그동안 지병 없이 살아온 것이 축복이었다. 내 몸이 내 욕망을 광속처럼 신속하게 따라주어 내가 몸과 따로인 줄은 꿈에도 몰랐다. 문득 어머니가 입속 말처럼 '이놈의 웬수덩어리들 말을 안 들어'라고 하던 목소리가 들리는 듯했다. 어머니는 노년에 몸이 말을 안 들어 움직일 수 없는 불편함을 그렇게 호소했다.

몸이 보내는 신호를 왜 감지하지 못했던가. 나는 젊음 하나 믿고 망나니처럼 살았다. 밤에는 잠을 자고 낮에는 일을 하는 몸의 질서를 무시했다. 책을 읽고 컴퓨터 앞에서 생각을 정리하는 것을 꼭 밤에 해야 할 이유가 있었을까. 벌건 대낮에 내 진실을 드러내는 것이 부끄러웠던 것일까. 세상 사람들과 나를 분리하는 순간에 어둠이 필요했을지도 모른다. 정신적으로 혼자가 될 수 있는 어둠은 몸이 휴식을 취하는 데에도 절대적으로 필요했던 모양이다.

마비되어 균형이 깨진 얼굴을 다시 제자리로 돌리는 데는 많은 시간이 필요했다. 일상을 놓아버리고 매일 한의원에 들러 침으로 굳은 얼굴의 근육을 깨우는 것을 반복했다. 침이 무서워 병원을 멀리했던 내가 예민한 얼굴에 침을 놓고 삼십 분을 견디는 것은 도를 닦는 시간이었다. 이물질이 얼굴에 박혀 있다는 것을 상상하는 것만으로도 견디기 힘들었다. 침이 들어갈 때마다 얼마나 힘을 주었던지 얼굴은 멍자국이 떠날 날이 없었다.

한 달쯤 지나자 눈썹의 대칭이 조금 맞는 것 같았다. 균형을 잃은 얼굴을 들여다볼 때마다 몸이 얼마나 나를 얕보았던가 상상을 해본다. 나이가 들어가며 몸이 피곤할 때 운동을 못 하는 나의 게으름만 탓했다. 몸이 호시탐탐 나를 기어오르려고 안간힘을 썼던 것이다. 영양제와 건강보조식품을 챙겨 먹어도 호전되는 느낌은 없었다. 내 딴에는 몸의 비위를 맞추느라 정성을 기울이기도 했다. 나는 몸보다는 사람들 비위를 맞추느라 혹사했던 것은 아니었을까.

가끔 오지랖에 가까운 내 배려를 불편해하는 사람들도 있다. 몸의 균형이 깨지자 마음의 질서도 깨졌다. '밥 한번 먹자'는 말을 자주 하던 내가 식사 약속을 꺼려하자 사람들이 마음에 상처를 입었다. 둘러댈 말이 없어 사실을 이야기했을 때 나보다 더 심각하게 고민을 했다. 워낙 정이 많은 민족이니까 남의 병을 같이 아파하는 마음도 각별하다. 병은 알려야 한다고 하지만 누구 말을 믿어야 할지 위기 앞에서 주눅이 들어 더듬거리는 내가 싫었다.

얼굴은 그 사람의 얼이 담긴 그릇이라는 말이 떠올랐다. 중심을 잃은 얼굴을 들여다보며 내가 얼마나 중심을 잃고 살아왔는지 뒤돌아본다. 상대방의 말을 끝까지 듣기 전 내 생각대로 판단하고 그것이 최선인 양 행동했다. 더 좋은 세상도 더 나쁜 세상도 상상할 수 없는 충족된 나의 세상이었다.

시간이나 계절의 순환에 몸의 감각들이 서걱대도 나는 그다지 놀라워 한 것 같지 않다. 몸이 빨리 걸어오라고 재촉하지도 않고 천천히 걸어가라고 보채지 않는 속도로 다른 사랑을 했던 것이다. 반면에 나는 피곤할 때마다 몸이 맞춰주기만을 바라는 서툰 사랑을 했다. 균형에 맞는 성숙한 사랑을 하려면 내가 욕심을 비워야 한다.

내 몸과 마음은 너무 오래 정처 없이 떠돌았다. 언제부턴가 마음이 유턴을 해서 시발점으로 돌아가려고 한다는 걸 생생하게 느끼고 있다. 이 정도의 평화에도 고맙기만 한 것은 입이 정상으로 돌아오고 건강을 놓치지 않았다는 안도감일지도 모른다. 기억의 집인 육신이 불안하고 두려워할 때 중심을 똑바로 잡으려면 마주 잡을 손 하나쯤 있어야 하지 않을까. 해가 질 때까지 하루에 한 번은 최후를 생각하며 균형 감각을 놓지 않으려고 한다.

김상미 | 2002년 『현대수필』, 2008년 『시와세계』 등단

양재천의 사계四季

김선주

어느 날 문득 몹시 울적하거나 지독한 외로움에 휩싸일 때면 나는 집 뒤에 있는 양재천으로 달려간다. 울울창창한 나무들과 돌다리 사이로 흐르는 물소리를 듣지 않으면 우울의 늪에 빠져들 것만 같기 때문이다.

처음에 양재천은 냄새나고 보잘것없는 실개천이었다. 아무도 그곳에 가는 사람이 없었다. 그런데 언제부터인가 하수도를 따로 내고 물줄기를 바로잡아 깨끗하게 단장하기 시작했다. 흐르는 물 위에 크고 무거운 돌로 징검다리를 놓고, 둑에는 꽃과 나무들을 심어 녹색의 자연을 만들었다. 사이사이에 휴식할 수 있는 정자를 만들고 운동기구들을 배치하고 색소폰이며 국악이며 합창을 하는 공연장도 마련했다.

양재천은 자연과 예술이 함께 어우러져 조화를 이루면서 너무나 쾌적하고 아름다운 모습으로 탈바꿈하기 시작했다.

돌 징검다리를 휘감고 흘러내리는 영롱한 물소리는 어떤 음악보다 청아하고 시원적이어서 세파에 시달리는 온갖 걱정과 스트레스가 다 풀어지고 혼탁하던 의식이 맑아지곤 했다. 자연은 인간의 힘으로 빛이 나고 인간은 자연의 힘으로 활기를 얻는 모습은 참으로 조화로웠다.

봄이면 죽은 듯이 잠자던 나무와 풀들이 새싹을 돋우면서 산수유, 매화, 목련, 개나리, 진달래가 피어나고, 이어서 벚꽃이 마치 약속이라도 하듯이 한꺼번에 만개할 때면 양재천은 화려함의 극치를 이룬다. 끝없이 늘어선 산책길은 3단계로 이루어져 있다. 맨 윗길, 중간 길, 아래 길에 피어난 온갖 종류의 꽃…. 그 가운데를 유유히 흐르는 양재천과 양쪽 여섯 층의 산책길에 만발한 벚나무가 끝없이 이어져서 거대한 꽃 잔치를 벌이고 있다. 그 풍경은 어마어

마해서 카메라로 담기에도 벅찬 광경이다. 나는 그만 숨이 막혀서 내 눈과 가슴과 머릿속에 환상적인 풍경을 품어 안으려고 안간힘을 써 본다. 이 광경이 어쩌면 천국의 모습일지도 모른다는 생각을 하며 환상의 세계 속에 흠뻑 빠지곤 한다. 왕벚꽃길에 벚꽃이 만발할 때면 내 가슴도 활짝 열리고, 그들과 함께 숨을 쉬고 있다는 환희에 덩실덩실 춤을 추고 싶기도 하다.

하지만 느닷없이 불어 닥친 비바람에 꽃잎이 하염없이 떨어져서 꽃비가 되어 내리면, 나는 상실의 아픔으로 가슴앓이를 하곤 한다. 곧이어 라일락이며 철쭉, 튤립, 장미가 자태를 뽐내며 피어나 아쉬움에서 헤어나지 못하는 허허로운 마음을 위로해 주기도 하지만, 잊을 수 없는 첫사랑의 기억처럼 만개했던 벚꽃에 대한 그리움을 어쩌지 못한다. 그래서 다양한 벚꽃을 주제로 하여 10여 편의 단편소설을 엮은 『그대 뒤에서 꽃 지다』라는 소설집을 발간하며 아쉬움을 달래기도 했다.

양재천에 여름이 찾아올 때면 내 마음도 여린 감상에서 벗어나 단단해지는 것 같다. 더위를 즐기며 물속에서 노니는 청둥오리, 재두루미, 팔뚝만 한 잉어들, 작은 송사리 떼들의 생명력에 취해서 나는 양재천변에 주저앉아 시간의 흐름을 잊어버리곤 한다. 또 숲속에서 가족을 이끌고 유유히 나들이하는 너구리들과 토끼들의 산보에 깜짝깜짝 놀라기도 한다,

가을이 되면 단풍으로 흐드러진 풍경은 한껏 화려해진다. 단풍은 꽃과 다른 화려함으로 또다시 가슴을 설레게 한다. 하지만 마지막 향연이라는 아쉬움으로 더없이 숙연해진다. 나는 흐르는 물결 따라 떠내려온 단풍잎들을 바라보면서 세월의 덧없음에 한숨을 쉬며 가버린 날들의 추억 속에 흠뻑 젖어들곤 한다.

흰 눈이 소복소복 내리는 겨울은 색다른 감동을 안겨준다. 나는 추위로 얼어붙은 양재천에 나가서 마른풀과 나목들을 보며 잔인한 자연의 시련 앞에 고개 숙인 그들을 본다. 하지만 뿌리 속에 간직한 생명의 강인함을 엿보며 새로운 용기와 힘을 얻는다.

나이가 들어가면서 자연은 따스한 어머니의 품처럼 삶에 지친 나를 어루만져주곤 한다. 그리고 표리부동한 인간들에 대해서 실망감이 쌓일 때면, 정직하게 소멸과 부활을 거듭하는 순연한 자연 앞에 한없이 겸손해지곤 한다. 양재천은 참으로 소중한 보석 같은 존재가 아닐 수 없다. 부모, 자식, 연인, 친구, 이웃들보다 삶의 깊은 깨달음과 용기와 활력을 주는 양재천은 내 삶의 진정한 동반자이다.

언젠가 내가 이 세상에서 사라진다 해도 양재천은 온갖 생명을 품어 안고 언제까지나 삶의 진수를 보여주며 유유히 흐를 것이다.

이것이 바로 자연과 인간이 어우러질 때 발휘되는 진정한 위대함이 아니겠는가.

김선주 | 1985년 『월간문학』 등단

흐느끼는 지구여!

김선진

코로나19COVID-19 팬데믹으로 몸과 마음이 피폐해가는 지가 어느덧 3년째이다.

아직도 얼굴엔 코와 입을 가리는 마스크를 써야 하고 사람과 사람과의 만남도 주저하게 만드는 현실이다. 옛날부터 역사를 거슬러 돌아보면 인간을 괴롭힌 역병이 많이 있어 왔다. 최근에 와서 우리가 발을 디디고 숨을 쉬는 이 지구가 심상치 않다.

적도의 뜨거운 에너지와 극지방 간 에너지의 균형이 깨어져 지구 온도가 1.5도에서 2도로 올라 해수면이 날로 상승한다고 한다. 바닷물이 점차 민물이 되어 물고기들의 떼죽음이 일어나고 모든 생물이 서서히 그 빛을 잃어가고 있다는 보도가 들려온다. 기후변화에 대비하여 해양 생태계와 농업의 중요성이 절실히 요구된다.

북극 빙하 그 큰 두 덩어리가 어느새 녹아내렸다는 뉴스를 본 적이 있다. 30년 전부터 지구의 온난화를 예시했으나 우리 인간들이 누리고 싶어하는 안락과 만용과 교만, 생태계를 파괴하는 이기심의 극치는 하늘을 찌르기만 했다. 옛날보다 육식을 선호하여 집에서 기르는 소, 말, 개, 돼지의 가축들이 내는 트림도 지구를 괴롭히는 한몫을 한다 하니 그 고통의 신음소리가 곳곳에서 서서히 배어 나오고 있다.

시베리아, 캘리포니아, 호주, 한반도를 강타한 산불이 끊임없이 오랜 세월 키워온 울창한 푸른 숲을 불태우기도 했다. 대기를 움직이는 연료인 수증기는 난류의 갈 길을 막아 지구 곳곳에 예측할 수 없이 기습 폭우가 강타하기도 했으며 2022년 8월 최근 우리나라 중부를 강타한 폭우는 115년 만에 한반도를 삼킨 재앙이었다. 산불과 가뭄은 한 몸이 되어 목을 조르고 해양오염으로 생태계가 파괴되어 자연의 콩팥, 지구의 허파인 습지가 점차 사라져 가고 있는 현실이다.

지구와 우리 인간에게 천혜를 주던 자연의 선물이 우리가 채 깨닫기도 전에 사라져 가고 있는 것이다. 지구의 개념도 깨어져 부서지고 모두가 속수무책 종말을 향해 가고만 있는 게 아닐는지.

오늘날 우리 인간은 망망대해 한복판에 떠 있는 절해고도, 그 자체일까.

가까이할 수도 없고 그렇다고 멀리 떠나갈 수조차 없는 고독한 덩어리, 사람이여.

우리는 역병을 치유하는 백신 만들기에만 몰두하여 혈안이 되어가고 있지만 자연재해를 방어하는 백신도 하루빨리 만들어 인류 모두가 평화롭고 행복한 삶을 영위할 수 있는 특권을 누렸으면 하는 절절한 바람이다.

항상 타인을 의식하며 보여주기만 애쓰던 병든 인간의 터널 속에서 겨우 빠져나오려 안간힘 쓰지만 어느새 또 다른 터널이 검은 입을 벌리고 여기저기 웅크리며 기다리고 있는 우리가 살아가는 이 세상.

그러나 어리석게도 언제나 말없이 품어 주는 어머니 같은 사계절四季節과 정상적인 사유思惟가 꽃 피는 아름다운 세상을 아직도 헛되이 꿈꾸며 살아가고 있는 게 아닐까.

이젠 절규하듯 흐느끼는 지구의 울음에 꽉 막힌 내 두 귀를 열어 남은 생生의 벼랑까지 묵묵히 찾아가 끌어안고 싶어라.

이 또한 별빛 찬란한 한여름 밤, 나의 헛된 짧은 꿈일까.

김선진 | 1989년 『시문학』 등단

숲, 그 쾌유의 휴식처

김수자

　인간 사회가 각양각색의 사람들로 이루어진 곳인 것처럼 숲도 온갖 나무로 가득 채워진 나무들 공동의 모둠 살이 장소다.

　한 그루 나무는 숲이라 할 수 없다.

　풀, 나무, 넝쿨 식물로 수풀을 이룬 곳이 숲이며 그 숲에는 온갖 나무가 있다.

　그중에서도 주목, 물푸레나무는 인체에 이로운 특수한 성분이 들어있어 생명의 나무라 한다.

　소나무는 기개와 존중의 상징으로 사람들에게서 추앙을 받을 뿐 아니라 솔 잎 속에는 방부제 역할과 살균 작용을 하는 물질이 있어 솔잎을 깔고 쪄낸 떡을 송편이라고 부르게 된 연유는 여기서 생겼다고 한다.

　수많은 나무가 어우러져 살고 있는 숲, 그 나무들 이름을 열거하기에 나의 나무에 대한 앎이 부족하지만 자연의 세계에서 유용하지 않은 나무는 없는 것 같다.

　나무가 주는 유익함이란 산소를 만들고 먹거리를 주고 주거와 의복의 재료가 되며 약제를 제공하고 펄프, 종이 같은 생활용품을 무상으로 제공하는 우리 생활과 아주 밀접한 관계를 맺고있는 고마운 것, 그것이 나무요 나무가 무리를 이루어 살고 있는 곳이 숲이라고 생각하고 있는 것이 내 상식의 전부이다.

　그러나 한 가지 분명한 것은 숲길에 들어서는 순간 설렘이 인다는 것이다.

　숲길에 들어서면 인간 세상의 관습에 가득 찬 모든 등짐을 벗게 된다.

　생명의 근원인 나무 곁에 서면 오랫동안 벼르고 벼르다가 만나는 친구 같은 반가움이 있다.

　자주 찾지 않았어도 토라지거나 외면하지 않고 무슨 말을 하든 조용히 경청

하는 듯한 자세로 심지어 맘속에 품고 있는 말까지도 다 알고 있다는 듯한 진중한 자태가 한없는 신뢰감과 신선한 새로움으로 생기를 돋우어 준다.

왜 아니랴. 살아있는 나무의 줄기찬 가지, 믿음직한 수형, 그리고 계절마다 보여주는 다채로운 색채의 아름다움, 평생을 한 곳 한 자리에서 제 본분을 다하는 성실성. 게다가 수명을 다했을 때는 아름다운 소리로 감동을 주는 악기로 자신을 헌신하는 거룩한 나무들을 보듬어 함께 살아가는 숲.

그 숲은 생명의 근원인 나무와 더불어 우리의 삶을 아름답고 풍요롭게 하는 예술의 원천이며 부작용 하나 없는 완벽하고 안전한 치유의 공간이기 때문이다.

김수자 | 1983년 『시조문학』 등단

동동숲을 아시나요?

김옥애

동동숲을 아시나요? 동동숲? 어디에 있는데? 그 숲은 무엇으로 유명하지? 동동숲이란 이름을 처음 들어 본 사람들은 그런 질문을 가질 만도 하다. 무슨 마로니에 숲도 아니고 나무 이름이 붙여진 자작나무 숲도 아니니까.

동동숲의 주소는 경상남도 고성군 대가면 연지 4길 279-47번지. 그 숲은 마음을 치유해주는 산림이기도 하지만 그보다 더 큰 의미를 지닌다. 숲에 대한민국 아동 문학가들이 살고 있기 때문이다. 금년엔 아마 이백 명이 훨씬 넘었을 듯싶다.

숲에서 사람들이 직접 생활을 하는 것은 아니다. 작품을 발표하고, 작품 활동을 한 동시인들과 동화작가의 나무와 이름돌이 살고 있다. 그래서 동시와 동화의 첫 자를 따와 '동 동 숲'이라 부른다.

그 숲의 숲지기는 우리나라 최고의 동화작가이다. 숲지기 외에도 서예와 국악을 하는 두 예술가가 힘을 합쳐 숲을 가꾸어 나간다. 물이 흐르는 계곡을 거닐고, 바위틈에 피어 난 춘란을 가꾸고, 꽃과 나무들을 심고…. 아동 문학가들은 그 숲의 이름돌과 한 그루의 나무를 얻기 위해 열심히 좋은 작품들을 쓰고 있다.

숲속엔 작은 어린이 도서관도 있다. 도서관은 아담한 열린 아동문학관 건물 안에 자리하고 있다. 아이들의 눈높이에 맞춘 낮은 책상이나 책장들이 정겹게 느껴진다. 아, 또 있다. 작년에 만든 트리 하우스다. 나무로 지은 작은 집. 트리 하우스에 앉아 있으면 시간이 멈춘다. 숲의 나뭇잎들과 함께 그리운 사람이 생각난다.

계절이 바뀌면 다음 차례를 이어주는 꽃과 향기와 나무들의 속삭임들- 봄

木木

의 수선화와 진달래, 매화꽃으로 시작해서 여름의 수국, 백합, 가을의 추명국과 상사화, 머위꽃 등. 숲인지 꽃 대궐인지….

아무튼 동동숲은 아름다운 숲이다. 나도 그 숲에 꽃나무 한 그루를 심었다. 내 꽃밭의 모란을 떼어 그곳으로 가져 간 거였다. 그 모란은 처음 영랑 생가에서 받아 왔다. 해가 거듭되자 왕성하게 번졌고, 급기야 모란 나눔을 한 것이다.

나무와 꽃과 아이들과 아동 문학가들이 머물러 있는 동동숲. 동심에 치유받고, 산림으로 치유받을 수 있는 동동숲.

숲 자랑을 실컷 하고나니 지금 숲속 맑은 공기 속에 내가 서 있는 것 같은 착각에 빠져든다.

김옥애 | 1975년 전남일보 동화 등단

녹색 성장

김정선

재건축된 아파트 단지를 걷는데 마음이 상쾌하다. 상가에 볼 일이 있어 왔는데 지상에는 차가 한 대도 안 보인다. 자동차는 모두 지하로만 다니니 오가는 차를 피하지 않고 마음 편히 상가를 향해 걸어간다. 놀이터에서 뛰노는 아이들을 보니 마음에 생기가 돌고 공원에 가지 않아도 잘 다듬어진 정원을 산책하는 주민들에게 여유가 느껴지기도 한다. 차들이 지하로 내려가니 지상은 오로지 사람들만을 위한 공간이 되었다.

어느 순간 서울이 도시화가 되어가면서 사라져 가던 자연이 인위적으로 다시 우리들 곁으로 돌아온 것이다. 새로 지은 건물들도 마찬가지다. 곳곳에 사람들을 위한 쉼터가 있다. 일도 중요하지만, 그만큼 쉬는 것도 중요하다는 의미다. 흡연자들은 밖으로 밀려난다. 사무실에 늘상 담배 연기가 자욱하던 풍경은 이제 진짜 호랑이 담배 피우던 시절이 돼버렸다. 1층엔 커피전문점 등 각종 편의시설이 가득하다. 정부도 앞장서고 있다고 한다. 커다란 건물이나 아파트 단지를 지을 땐 녹지나 주차장, 주변 환경과의 조화를 위한 설계도 등을 점검한다고 한다. 정말 사람을 위한 사회가 된 것이다.

성장만 강조되던 시절이 있었다. 당장 먹고살기 급했던 때였다. 서울도 변두리는 흙먼지를 날리는 도로에 차가 다니고 종로에는 전차가 다니던 시절 우리는 최선을 다해서 가족을 위해 일하고 일했다. 사람의 기본권, 환경 등을 논하는 것 자체가 사치였다. 밤늦게까지 일할 수 있는 일이 있다는 게 다행이었다. 일을 위해서 밤늦도록 공장이 돌았다. 내 젊은 시절의 사회상이다.

그 어려운 때를 지나온 나는 지금의 물질적 풍요로움을 누리며 성장하는 젊은 세대를 보면 어느새 이렇게 세상이 바뀌었나 하는 생각이 들기도 한다.

이런저런 생각을 하며 상가를 가는데 우리 아파트 단지도 빨리 재건축이

진행됐으면 좋겠다는 생각이 든다. 그때 내 앞을 지나가던 청년이 주머니에서 핸드폰을 꺼내 들다 지갑도 같이 흘러나와 길에 떨어져 버렸다. 뒤따르던 사람이 그것을 본 것 같은데 그냥 지나쳤다. 앞에서 오던 유치원생 정도 되는 아이가 그 지갑을 가리키며 엄마를 쳐다봤지만 못 봤는지 바쁜 듯이 엄마가 아이의 손을 잡아끌었다.

나는 당황스러웠다. "지갑에는 중요한 것들도 많을 텐데, 내가 주워줘야 하나?"라는 생각에 급히 청년을 향해 소리를 질렀다. "여기요!" 잠깐 걸음이 느려지던 청년은 못 들은 척 제 갈 길이 바빠서인지 걸음을 재촉하기에 얼른 지갑을 주워 갖다 줬다. 청년은 꾸벅 인사를 하더니 다시 가던 걸음을 재촉했다.

분명 이곳은 차들은 지하로 내려보내고 지상은 나무들이 잘 가꾸어져 있고 산책로가 꾸며져 있어 내가 사는 아파트 단지보다 다니기도 편하고 안전하다. 그리고 아파트가 고층으로 올라갔기에 동과 동 사이가 넓어져 쾌적하다. 하지만 주민의 이삿날 아침에는 분주히 단지로 내려가 차를 빼주고, 택배 차량이 차를 막아놔도 조용히 기다려 주며 서로가 배려하지 않고는 살 수 없는 곳, 그렇게 어울려 사는 묵은 우리 아파트 단지가 사람답게 사는 동네라는 생각이 든다. 세상은 더 잘살게 된 만큼, 더 깨끗해지고, 더 세련되었다. 눈을 돌려보면 쉽게 찾을 수 있는 곳이 공원이고, 조금만 움직이면 작은 숲과 산책길을 찾을 수 있다. 사람들과 어울릴 수 있는 공간도 더 많아졌다. 그런데 그만큼 사람들의 마음과 마음을 연결시켜 배려해주는 고리는 더 끊어지고 있는 건 아닐까.

주변이 편리해지고 안전해지고 아름다워지는 것도 물론 중요하다. 그런데 그만큼 사람들 마음의 거리도 가까워졌으면 좋겠다. 그냥 내 앞에 있는 사람에게 작은 관심을 주는 것부터 시작하면 되지 않을까. 나의 아주 작은 손짓, 몸짓 하나가 어쩌면 작은 변화를 만들고 그러면 세상을 좀 더 진정한 녹색성장으로 채울 수 있지 않을까.

김정선 | 1989년 『수필문학』 등단

숲의 예찬

김지안

숲에서 길을 찾고 휴식을 취하려는 마음은 누구나의 심정이다. 숲은 사람의 보호자 같다. 삶을 살아가는 데 안내자가 되어 사람들이 용기를 얻는다. 햇빛 가득한 숲을 지날 때는 만개한 꽃 같다. 반대로 음습하며 차갑게 얽힌 빽빽한 나무 울타리의 검은 숲의 공간을 보고 있으면 싸늘한 기운을 느낀다. 그만큼 다양한 빛과 색을 가진 숲은 자연이며, 생명이 있어 사람의 인생과 같다.

우리는 세상 안에 살고 있어 기후와 환경을 외면할 수가 없다. 문제는 주어진 것을 당연시하고 동식물이 그려내는 현장을 때론 선의로 악의로 본다는 사실이다. 사람들이 있는 그대로 표현하면 될 것을 작위적이라 매끄럽지 않다. 자연이 발생하는 어떤 것도 인간을 해하고자 하는 것은 없으리라. 피부로 느끼고 손으로 만져대면서도 냄새와 맛과 촉감에 끌릴 뿐 식물과 동물이 그곳에 있는 이유엔 관심이 없어 사람들 위주이다.

숲에는 바람도 공기도 향긋하고 시원하다. 더운 한낮에 숲길을 걸어보면 땡볕이 있는 샛길에도 지나치는 사람들은 밝고 유쾌하다. 고요한 가운데 감겨오는 부드러움을 느낀다. 호수와 화산, 만년설을 안고 있는 높은 산 낮은 곳에도 옷을 입은 숲이 있다. 우리 동네 낮은 산에도 있다. 사람들은 숲에서 겪는 어떤 것에도 크게 화를 내지 않는다. 불의의 사고는 어떨 경우 사람이 만들기 때문에 너무 지나치지 않으면 위협하지 않는다.

바다가 지천에 있던 고장에서 자랐다. 가끔 도시의 무뚝뚝함에 몸서리치면서 주변에 가까운 공원을 가고 산을 만나면 숲이 있어 좋았다. 그냥 친숙하다. 새를 보고 나뭇잎에 비치는 햇빛이 놀고 있는 모습과 계곡 바위틈 곳곳에 흐르는 물을 보면 풍덩 뛰어들고 싶어 좋았다. 발 틈에 사각거리는 흙들의 말소리도 곱게 들린다. 바다가 광활하고 힘차서 용기를 얻어 좋다 해도 숲에 가면 편안하여 마음이 비워지는 고요에 잠긴다.

요즈음 산에 가면, 또 도시의 한가운데 잘 조성되어있는 수목원을 본다. 모두 사람들을 즐겁게 하고 환호하게 할 정도로 멋지게 만들어져 있다. 휴양림이다. 심지어 입장료를 받는다. 사는 아파트, 주택에도 나무와 꽃들이 있다. 숲이 분갈이하고 산이 대여를 했나 보다. 즐겁고 행복하게 살려던 처음과는 달리 도시에선 집값을 올려 과시하기 위한 수단으로 수목을 조성하는 것 같다. 반경 몇 미터도 안 되는 곳에서 울타리치고 겹겹이 경계선을 만든다. 나만의 욕심으로 산을 해체하고 숲을 허물면 그 속에 사람들이 뭉개져 사는 것처럼 답답하다.

자연은 신이다. 숲은 전령사다. 오랜 세월 이웃과 벗하며 그래도 살 수 있었던 것은 자연이라는 야생의 날것이 진실과 성의를 다해, 인간과 같이했기 때문이다. 사람들은 숲을 칭송하고 자연을 찬미한다. 심지어 드론을 만들어 산 전체와 숲길을 보게도 한다. 그런 열성과 기대를 갖고 사람들이 자연을 본다. 우리의 건강과 연결되어 있음을 알면서도, 남에게 책임을 미루고 맡아 애쓰려 하지 않는다. 산지기, 숲 해설사, 산림보호청이 있어도 관계자의 문제고, 나의 일이라고는 생각 안 한다. 담장 너머를 보려 않는다. 재난이 닥쳐 나의 생명과 재산이 손해가 일어날 때까지 말이다. 자연이 코로나를 통해 경고를 보냈음에도 콘크리트 같은 심장은 혈을 잃은 지 오래인 것 같다.

며칠 전 캐나다 북쪽에 빙하가 흙을 드러냈다. 스페인에서는 고대 스톤헨지 같은 유적이 발견되었다. 홍수와 폭염과 폭우로 파괴되고 민낯이 드러난다. 매일 아침 사랑스러운 마음으로 바라보던 낮은 산 언덕배기가 개발로 인해 나무들이 듬성듬성 몇 그루밖에 없다. 문명의 이기로 삶은 편리하고 발달의 혜택을 보고 있지만, 과연 사람들에게 남겨지는 것은 무엇일까? 상상 속에서 나는 맨발로 흙을 밟고 시냇물에 발을 담그며, 물장구치고 파란 하늘에 잠자리 날아가는 들판, 촘촘히 마주한 풀들의 향연, 뒤뚱거리는 걸음으로 숲 그늘을 찾아 춤추듯 걸어가는 나를 본다.

김지안 | 2020년 계간 『문파』 등단

孤山의 흔적을 찾아서

김행숙

아직도 고산의 「어부사시사」가 들릴 것 같은 보길도. 빠른 템포의 40수 「어부사시사」는 나에게 바다의 환상을 심어 주었다.

'지국총 지국총 어사와' 후렴의 흥취는 머리에 흰 수건을 두르고 힘찬 팔뚝으로 노 저어가는 뱃사람들의 생동감이 그대로 보일 듯한 멋진 소리다.

윤선도, 그는 자연을 바로 볼 줄 알았던 사람, 자연을 조형하여 아름다움을 즐겼던 풍류객, 유명한 병진년의 상소로 불의를 꾸짖고 그로 인한 귀양살이를 마다하지 않던 당당한 남자. 이 세상의 명예나 지위에 달관한 태도가 세속에서 벗어난 이미지를 풍기게 한다.

시인이며 선객이었고 철인이며 학자였던 그는 시대를 뛰어넘어 자유로운 영혼을 지닌 인물로 내게 다가왔다. 259편이나 되는 많은 한시를 지었고 140수의 산문시와 75수의 국문시를 지어 「산중신곡」이나 「어부사시사」와 같은 조선시대의 대표적인 국문시가를 남겼다. 여러 번에 걸친 귀양살이에서도 그는 시가를 지으며 시름을 승화하는 모습을 보여주었다.

봄 바닷길은 유려한 맛을 더해 주었다. 마침내 저만치 보길도가 다가오기 시작한다. 산과 바다가 어우러진, 숲이 많은 섬이다.

고산은 병자호란 때 의병을 모집하여 배를 타고 강화로 갔으나 이미 인조가 청나라에 항복했다는 소식을 듣고 울분을 참지 못하고 세상을 등지고자 탐라로 식솔과 노복을 이끌고 떠났다고 한다. 도중에 풍랑을 만나 머문 보길도에서 격자봉에 올라 바라본 자연의 아름다움에 반해 거처로 삼은 동네, 부용동은 그가 봉우리 터뜨리기 직전의 연꽃 같다고 하여 지어진 이름이다.

겹겹이 둘러싼 산세가 연꽃이 피어나듯 아늑한 마을, 바다도 보이지 않고 파도 소리도 없는 섬 중 산골 같은 고즈넉한 곳에 그는 세 칸짜리 초가를 지었다고 했다. 역사 속의 고산은 보길도에 살아 있어서 그 발자취를 따라다니는 나에게 감동을 주었다.

다음 날 아침 나는 일찍 동천석실로 향했다. 산길로 접어들자 동백나무, 천리향, 후박나무 등이 들어찬 산은 어두웠고 새소리와 작은 자갈이 깔린 산길 사이로 햇살이 비쳐든다. 숨 가쁘게 안산 중턱쯤 오르니 큰 바위 밑에 수련을 띄운 연못이 있고 그것이 석담과 석천이라 한다.

납작한 돌로 차곡차곡 쌓아올린 돌담에는 자연스러운 구멍이 뚫려 있어서 넘치는 물이 아래로 흐르게 되어 있다. 암벽에서는 석간수가 흘러 연못에 물이 차고 수련이 떠 있다. 지금도 석벽에서는 인동초를 적셔가며 물줄기가 흐른다.

그는 높은 산 중턱에 어떻게 이런 아름다운 정원을 만들 생각을 했을까? 정원 위쪽 바위 위에 한 평 남짓한 앙증맞은 한옥이 있다. 깨끗이 보수되어 있어 사면 문을 여닫을 수 있는 이 동천석실은 참으로 멋진 공간이다. 산 중턱에 있어 멀리 부용동이 다 내려다보이는 석실에서 그는 책을 읽고 글을 썼다고 한다. 그 앞에 바위 두 개가 갈라진 듯 서 있는데 이곳에 도르래를 설치하여 필요한 물건을 산 입구에서 실어 날랐다고 안내자는 말한다.

고산이 차를 끓였던 커다란 차바위가 있어서 준비해 온 차를 따라 마셨다. 땀 흘리고 난 뒤에 마시는 차 맛은 일품이었다.

고산의 멋스러움이 남아있는 동천석실은 수백 년이 지난 후에도 이곳을 찾는 사람들에게 감동을 준다. 고산이 풍류를 즐겼다는 세연정으로 발길을 옮겼다. 격자봉 아래에서 근원한 계류가 흘러내려 그 물이 다시 스며들었다가 세연지 가까이에서 샘물처럼 흐르는 것을 판석의 보를 쌓아 반 인위적으로 만든 못이 세연지다.

이곳에서도 과연 고산이 과학적인 안목을 가지고 조원하였음을 알 수 있었다. 대를 쌓아 정자를 짓고 연못 주위에 갖가지 나무를 심어 계획된 원림을 만들었다.

수려한 연못과 바위, 나뭇가지 사이로 절묘하게 어울리는 정자는 이곳에 오르면 사방의 수석경水石景을 감상할 수 있다. 맞은편 옥소대에서 춤을 추어 그 그림자가 연못에 비치는 모습을 보며 거기서 풍악을 연주케 하고 피리를 불면 세연정에서 풍류를 즐기는 주인공과 교감할 수 있다고 하였다. 오랜 세월이 흘렀지만 지금도 세연정은 아름다웠다.

오우가에서 그가 노래했듯 수석과 송죽, 달을 벗했던 선계의 시인, 고산은 갔지만 이곳 보길도에 그 다섯 벗은 그대로 있지 아니한가!

몇백 년을 자라온 울창한 동백숲과 상록수가 어우러진 해변도 아름다운데 이 섬의 산과 마을 바위에 이르기까지 고산이 의미를 부여한 격조 높은 이름들 때문에 보길도는 한결 우아해 보인다.

보길도는 고산과 만남으로써 새롭게 태어난 별천지가 되었다. 아직도 오염되지 않은 자연과 인심, 그리고 품격을 지닌 것도 고산이 이룬 조선 시조 문학의 산실인 까닭이 아닐까.

시대를 앞서간 고산의 혜안에 깊이 감동받는 아침이다.

김행숙 | 1995년 『시문학』 등단

산책 시간은 느리게 흐른다

김혜숙

지난 몇 해, 멀어지고 피하는 일에 이골이 났다. 할머니라는 호칭에 어색함이 채 걷히지도 않았는데, TV를 켤 때마다 고위험군이니 각별히 조심하라는 경고가 반복되었다. 어쩌겠는가. 감염을 피해 보려 조바심칠 수밖에. 하지만 병을 피하는 일은 사람을 피하는 일과 구별되지 않았다.

한참을 지나 면역을 갖춘 인구가 제법 늘어나고, 더디지만 방역을 위한 통제도 꾸준히 완화되었다. 그러다 마침내, 이곳 충주 봉황자연휴양림 부근 숙소에 문우들이 모이게 되었다. 내내 피하기만 하다가 드디어 모여든 우리. 서로의 얼굴을 확인하며 안도한다. 꿈인지 현실인지 분간하기 어려운 환한 마음. 서로 손을 맞잡고 느릿느릿 걷는다. 칠월 하순의 숲길이다. 금계국, 설악초, 맨드라미, 해바라기, 백일홍, 금잔화, 천사의 나팔, 루드베키아, 족두리꽃…. 사랑하는 사람, 소중한 것들에 다가가는 기쁨이 이제 몇 년의 응축을 지나 꽃처럼 웃음처럼 터져 나오려 한다.

꽃 중의 꽃, 족두리꽃이 눈에 들어온다. 무릎을 구부린다. 눈높이를 맞추니 족두리를 쓴 새색시가 내 얼굴에 고개를 파묻는다. 초례청 신부가 되어 말을 걸어온다. 꽃에 바짝 다가가 사진에 담는 문우들. 그들의 볼도 족두리 화관처럼 곱게 물들어간다. 무언가에 정스럽게 다가가는 행복이라니!

산책하다가 마주친 휴양림 입구의 계곡. 일급수에만 사는 다슬기를 줍는 사람과 투망하는 젊은이가 눈에 띈다. 다슬기가 아직 여물지 않아서 몇 마리 줍다가 그만둔다. 물길 한쪽에 맞춤한 듯 긴 타원형 돌무더기가 놓여있다. 문우들은 둥글게 돌방석 위에 앉아서 물장구를 친다. 한담을 즐기며 세월을 낚고 있으니 신선이 따로 없다. 사람도 그다지 많지 않아서 우리 세상인 듯 물속에 돌을 투척하고 물세례 받으며 폭발하는 웃음을 하늘에 날려 보낸다. 어린애처럼 맑은 영혼으로.

에마 미첼은 그의 저서 『야생의 위로』에서 숲속 산책은 보이지 않는 약 상자에 손을 넣는 일이라 했다. 25년 동안 우울증을 겪었던 그는 야생에서 위로받고 치유 효과를 경험했던 일을 세세하게 밝히고 있다. 그가 항우울제로 선택했던 '자연'은, 함께 모인 우리 문우들에게도 은혜를 아끼지 않았다. 초목에 이슬방울 맺힌 새벽, 투명한 햇살이 복숭아나무 위에 튀어 오르는 한낮, 어둠이 내려앉은 저녁 무렵. 그 언제라도 산책하기 좋다. 한가함, 느긋함, 편안함이 이곳에 있다. 햇살을 등에 업고 흙냄새 맡으며 맨발로 터벅터벅 걸을 때면 내게 온전히 허락된 시간과 공간을 맘껏 즐길 수 있어 얼마나 자유로운지.

헨리 데이비드 소로를 떠올린다. 그는 삶이 덧씌운 굴레에서 벗어나 제 인생의 주인이 되어 자유를 누리며 글을 쓰기를 원했다. 그래서 그는 호숫가에 오두막을 짓고 숲과 호숫가를 거닐었다. 하루에 네 시간 이상을 산책하며 자연 속에서 동식물과 이웃하면서 마음의 평온을 찾았다. 얽매임 없이 자유롭게 살아가기 위해 간소하고 소박하며 검소하게 생활했다. 선승 같은 삶이었다.

예술과 수양을 위해 몸부림친 인간의 목록엔 끝이 없다. 하지만 헤세, 칸트, 루소, 니체, 릴케 등은 그런 몸부림 끝에 문명사적 업적을 보탰다. 그들 모두가 '산책 마니아'라는 건 우연이 아니겠지.

내가 그들처럼 지혜의 성벽에 벽돌 하나를 보탤 수 있을지는 알 수 없다. 하지만 나는 숲길을 걷는 일을 멈추지 않으리라. 하얗게 부서지는 햇살을 등에 지고 뺨에 스치는 바람결을 느끼며 천천히 걸어갈 것이다. 꽃과 나무, 새와 나비, 꿀벌과 동무하며. 그곳에서 나는 느리게 때로는 멈추어서 세상과 내 삶을 깊게 사유하리라.

왕성한 초록 숲을 바라보며 천천히 산책한다. 웃음을 머금은 나뭇잎이 꼼지락대며 속살거린다. 바람은 뭇 생명을 어루만지며 삼복더위를 식혀준다. 청량한 기운이 나의 온몸을 감싸안는다.

김혜숙 | 1996년 『한국수필』 등단

꽃다발 유감

류인혜

지금까지 아껴 쓰고 나누어 쓰고 바꿔 쓰고 다시 쓰는 환경운동을 실천해 왔다고 자부하며 지냈다. 아마도 어린 날 쓰임을 다해 버리는 물건으로 엿을 사고, 신문지를 모아서 강냉이와 바꾸거나 빈 병을 가게에 가져가면 푼돈을 받을 수 있던 것에 재미를 들였는지 모른다.

이번에는 무심히 쓰레기가 되는 꽃을 생각해 본다. 제때에 맞추어 피어난 꽃들은 아름다운 자태로 사람들에게 기쁨을 준다. 어여쁜 모양과 좋은 향기로 축하의 의미를 확실하게 전하는 것이 꽃이다. 꽃다발, 꽃바구니, 화환과 화분 등에 마음을 담는다. 보내는 사람의 이름이 크게 달린 화환은 꽃집에서 다시 가져가 재활용을 한다지만, 큰 쓰레기로 남는다. 쓰레기가 되기 전 화환의 임무가 끝나면 사람들이 다투어 꽃을 뽑아가는 모습을 보고 좋게 여겼다.

솔직히 꽃병에 꽃을 꽂는 일을 잘하지 않는다. 살아있는 식물의 목을 댕강 자르는 듯 거부감이 들고 꽃이 시들면서 고약한 냄새를 풍기는 것이 싫다. 축하받을 일이 있으면 먼저 겁을 내어 무조건 꽃다발을 가져오지 말라 했다.

그런데 얼마 전 커다란 꽃바구니가 저절로 생겼다. 예쁜 꽃이 한 아름 담긴 바구니가 집안에 들어오니 좋은 향기가 번진다. 한동안 행복한 마음으로 꽃을 보았다. 그것은 잠깐, 시들어가는 꽃들을 어떻게 처리할 것인가 고민했다. 무조건 종량제 봉지에 넣을 수 없다는 생각이 들어 물을 주지 않고 기다렸다가 말라가는 것부터 한 줄기씩 빼내었다.

마른 식물이 태우기 편할 듯 가위로 세분해서 말리는 과정이 만만찮았다. 줄기와 잎, 꽃이 마르는 속도가 다르다. 꽃바구니를 다 정리하기까지 일주일 이상이 걸렸다. 후손에게 물려줄 지구가 오염되지 않도록 정성을 다했다.

문제는 두 번째 행사 후 받아 온 꽃들이다. 아직 덜 핀 꽃봉오리가 많아 그대로 처분하기에는 미안하다. 물에 담가 피워보기로 했다. 꽃을 종류대로 구분하여 꽃을 셈이다. 몇 개의 꽃다발을 풀어 분류하는 일에 한나절이 걸린다.

많은 꽃을 만지고 있으니 꽃을 주문한 사람의 얼굴이 떠오르고, 꽃집 주인의 성격이 짐작된다. 그런데 꽃집 주인의 장사 수완인지 오래 물속에 잠겨 미끄러워진 줄기가 많다. 한 다발로 뭉쳐 포장지로 가렸으니 결국 상한 꽃으로 축하한 격이다.

장미 줄기에는 가시가 군데군데 남아있다. 무심코 훑다가 상처 나기에 십상이다. 아마 꽃값을 싸게 해달라고 했든지, 계속 예쁘게 만들어 달라며 옆에서 숙련된 장인을 심란하게 했든지, 바쁘다며 재촉을 했든지, 그 이유가 있을 것이다. 어찌 되었건 장사의 기본이 부족한 사람은 예쁜 꽃을 만질 자격이 없다.

자른 꽃줄기에 적응하지 못한 사람이 한나절 꽃과 씨름하며 생각이 많다. 활짝 피어나면 물에서 건져 말릴 것이라 심란해지는 마음을 달랜다. 화병이 많지 않으니 모아놓은 생수통의 윗부분을 잘라내고 잔돌과 유리로 만든 공예품을 찾아내어 무게를 잡았다. 생수통 네 개에 꽃을 나누어 담으니 집안이 화사한 꽃밭이 되었다. 꽃송이들이 모여 향기롭고 예쁘다.

다듬는 꽃을 받치느라 물기가 번진 코팅된 포장지는 물을 닦아 접어서 종량제 봉지에 넣었다. 리본과 철사 등 부속품은 따로 쓸데가 있을 것이라며 지퍼백에 담는다.

그제야 장미 한 송이 값이라며 넌지시 봉투를 전한 사람의 마음이 그려지고, 햇살이 뜨거운 여름이라며 선크림을 선물해 준 사람이 떠오른다. 무던한 그 기운을 받았으니 애써 꽃처럼 아름다운 마음이 되어야겠다.

류인혜 | 1984년 『한국수필』 등단

숲

박갑순

한적한 산길을 걷는다. 적당한 거리를 유지하며 서 있는 나무들 사이로 따사롭게 내리는 햇살이 넉넉하다. 짧은 순간 모습을 보여주고는 이리저리 자리를 옮겨 앉는 청설모. 휘어진 나무와 곧게 선 나무를 옮겨 다니는 천진한 모습에 발길이 멎는다. 휴대폰의 카메라를 켜는 동안 포즈를 취할 듯 호흡을 가다듬다가 셔터를 누르려는 찰나 꼬리를 흔들며 재빨리 마음을 바꾼다.

쏟아지는 햇빛의 양과 바람의 부피가 비슷할 것 같은데 나무들은 왜 휘어지기도, 반듯하기도, 양쪽으로 몸이 갈라져 자라기도 하는 걸까? 간간이 숲에 엇박자를 놓고 서 있는 나무의 모양이 답답한 마음을 더욱 무겁게 한다.

그녀가 나를 향하는 마음과 내가 그녀를 생각하는 마음의 부피와 질량은 비슷하거나 같을 거라 생각했다. 적어도 그렇게 믿을 때는 둘이 서로 한 방향을 바라보며 올곧게 서서 햇살과 바람과 비를 사이좋게 나누는 나무였다. 어느 날부터 몸을 반대쪽으로 기울이며 나아가는 그녀의 차가운 마음이 느껴졌다. 무슨 연유인지 알 수 없어 허둥대는 사이 그녀와 맞닿은 가지에 냉기가 돌기 시작했다. 너무 차가워서 닿지 않으려 조심하는 동안 나도 모르게 휘어져 자라는 몸을 감지했다.

서로에 대해 잘 안다고 생각했는데 돌아보니 아는 것이 없다. 어긋나기 시작한 것이 언제부터였는지, 왜 그런 선택을 하게 됐는지. 나무는 아는데 비바람은 모르는 나무의 상처처럼 아는 게 없는 나는 상처뿐이다. 그리 빽빽한 숲도 아닌데 나는 발을 어디에 내디뎌야 할지 망설이고 있다. 함께한 시간만큼 숨 쉴 틈도 없이 비틀린 관계가 답답했을까.

나무들은 좁혀진 관계를 조절하기 위해 적당한 때에 이파리를 떠나보낸다.

변덕을 부리는 바람을 탓하지 않고 마음대로 드나들 수 있게 팔도 벌려준다. 그래서 숲은 관계의 어그러짐 없이 날이 갈수록 깊어지는지 모르겠다. 웃자라는 생각들을 떨쳐버릴 줄 알고, 새들의 노랫소리를 마음으로 들을 줄 알고, 향기를 뿜내는 꽃들의 잘난 체도 눈감아줄 줄 알기에 숲의 품은 넉넉한가 보다.

가족보다 더 많은 대화를 하고, 더 자주 만나면서 마음을 나누었기에 한순간 벌어진 간극 앞에 벼락 맞은 나무처럼 나는 쓰러졌다. 이제 나는 쓸모없는 나무가 되었는가.

숲은 깊이 들어갈수록 신선한 공기가 폐부 깊이 들어와 좋다. 졸참나무가 고욤나무를 흉보지 않고, 소나무가 전나무를 시샘하지 않는다. 그저 자신의 힘으로 뿌리를 내리고, 몸속에 들어앉은 태풍과 번개를 삭이며 꼿꼿할 뿐이다. 작은 것도 바라지 않고 내줄 수 있는 것만 몽땅 내어주며 서 있다. 애초부터 지닌 품성대로 자라서 변함없는 숲을 이룬다. 그러나 인간들로 이루어진 숲에서는 왜 불분명한 어떤 지점에서 성장을 멈추어야 하는 걸까.

며칠 만에 오른 산, 정강이 높이쯤 껍데기가 벗겨져 속살이 보이는 나무가 있다. 먹이를 구하지 못한 산짐승의 화풀이 같은 상처. 누렇게 마른 속살에선 피도 흐르지 않았다.

상처는 가까운 사람에게서 받고, 사기도 가까운 지인에게 당한다고 했다. 그럴 사이가 아닌데 연락이 뜸하고, 소식을 전해도 성의 없는 답변으로 일관했을 때까지도 나는 너무 깊이 들어갔다는 사실을 인식하지 못했다. 관계의 진정성은 내 안을 다 내보이는 것이라고 믿었던 지난날이 어리석게만 느껴진다.

한 권의 책도 호기심과 궁금증이 있어야 다음 페이지로 넘기고 싶어지는 법. 곱씹지 않아도 대강의 맛을 알 수 있고 깊은 생각까지 쉽게 읽어낼 수 있는 밍밍한 사람이라면 누가 오래도록 곁에 있고 싶을까.

가도 가도 첩첩인 관계의 숲. 이제 대낮에도 혼자 걷기 두렵다. 그녀가 내게 보였을 수많은 새와 꽃과 청설모를 발견하지 못한 건 순전히 내 탓일까.

사심 없는 숲에서 심호흡하면 나무가 가슴으로 들어온다. 그늘은 나무가 만드는 것 같지만 나뭇잎 사이로 내려오는 햇살이 만든다. 낙엽을 떠나보내고 잡다한 생각을 비운 숲이 고요하다.

.

박갑순 | 1998년 『자유문학』 등단

나무의 정신을 보다

박미경

누군가 나에게 조건 없이 매년 1백만 원씩 보내고 있었다. 햇수로 계산해보니 무려 6천여만 원이 넘는다. 그는 나뿐 아니라 당신에게도, 세상의 모든 사람에게 그렇게 해왔다.

나무- 그들이 우리에게 매년 보내는 혜택의 값어치가 1백만 원에 이른다고 한다. 나무가 인간에게 베푸는 사랑은 부모와 닮았다. 한없이 주려는 마음, 그는 바람과 그늘을 주고 열매와 뿌리도 주며 줄기와 잎도 아낌없이 내어준다. 그 한 몸 바쳐 우리에게 안락한 침상이 되고 책상이 되고 책이 된다. 사람처럼 직립해 하늘을 보는 자세 또한 아름다워 시인에게는 영감을 주고 화가에게는 모델이 되어준다. 그의 생명력은 지치고 허기진 세상을 위로한다. 그는 하늘의 뜻을 인간에게 전하기도 하고, 태고의 역사를 고스란히 간직하기도 한다.

인간이 나무가 주는 혜택을 덜 미안한 마음으로 받아들이려면 그에 대한 최소한의 예의는 갖추어야 할 것이다. 그의 이름이 무엇인지, 꽃과 잎은 어떻게 피고 지는지, 좋아하는 것과 싫어하는 것은 무엇인지…. 그러나 우리는 거만한 수혜자일 뿐, 모르는 것이 너무 많다.

나무는 원하지 않았건만 시도 때도 없이 전기 옷을 입는다. 호텔 앞, 백화점 앞의 나무들은 반짝거리기 위해 온몸의 뜨거움을 참아낸다. 모든 자연이 쉬어야 할 밤에 그들의 벗은 몸을 전선으로 고문하는 우리들의 겨울 풍경이다. 사람도 동물도, 새들도, 물고기도 잠을 자는 시간에 시내 곳곳의 나무들은 온몸에 흐르는 전류를 견뎌내야 한다. 리조트와 콘도는 그럴싸한 분위기를 위해 얼음나무를 만든다. 나무에 물을 뿌려 얼음이 얼면 계속 물을 부어 바위 모양의 나무를 세운다. 그리고 주변에 휘황한 조명을 비춰댄다. 나무에게 무참

한 모욕을 행하면서도 봄이 오면 꽃을, 가을이면 단풍을 기다린다.

나무에는 '떨켜'가 있다. 가을이 되면 떨켜를 작동시켜 잎을 강제로 떨어뜨린다. 잎으로 가는 물길을 닫아 수분이 날아가지 못하게 하여 최소한의 에너지로 겨울을 날 준비를 하는 것이다. 나무는 몸 안에 이 '얼음물'을 품고 외로이 겨울잠을 잔다. 스스로 만든 얼음 세포로 다른 세포가 얼지 않도록 단열과 보온 역할을 하는 걸 보면 나무는 너무나도 정신적인 존재다. 영하의 도시, 눈보라 치는 벌판에서 잎을 떨군 나무가 제 몸 안에 가득 얼음을 품고 겨울을 견디고 있다. 그렇게 살아가는 나무에게 우리는 잠시의 사치를 위해 나무를 농락하고 학대한다.

경제 성장만이 지상 최고의 목표인 기업들, 절약보다 소비가 미덕인 자본주의 인간들이 이산화탄소를 경쟁적으로 배출하고 그로 인한 지구 온도의 상승으로 우리는 이미 재앙 속에 살고 있다.

절대로 손을 대면 안 되는 것이 있는 법이다. 숲이 사라지면 그 숲에 깃들어 살던 동식물도 사라지고 결국 인간도 살 수 없게 된다. 산소 탱크인 숲을 없애 골프장을 건설하고, 도도히 흐르는 강줄기에 손을 댄 인간들에게 자연은 이미 수차례의 경고를 보내고 있다. 기후 위기로 잃고 있는 또 다른 위기는 자연이 무상으로 주는 선물에 경탄하고 감사할 수 있는 감성의 상실일지도 모른다.

박미경 | 1993년 『월간문학』 등단

셋

푸른 설법

예연옥

마음 비우고 싶은 날 보문사* 올라간다
칠백 년 된 향나무 바위틈 뿌리내리고
무성한 가지와 이파리 땀방울 식혀주는데

뼈를 깎는 바닷바람 그 아픔 삭이느라
뒤틀려 용틀임한 듯 괴기한 초서草書같이
향나무 경經 새겨진 행간엔 햇살이 가득하다

---

* 보문사 : 강화도 석모도에 있는 사찰

예연옥 | 2010년 『나래시조』 등단

우주 공간에

현천 오광자

녹색으로 물들어 가는 신비의 세계
심고 거두는 자연의 우주공간에
계절의 무상함을 보고 느끼며

아름다운 세상으로 만들어 가고
뿌리 내려 연녹색 잎이 솟아나며
풍성한 가지에 둥지 틀어 본다

큰 나무 그늘 아래 잠시 머물며
늘 푸른 아름다운 자연 벗 삼아
바람 불어 오며 잠시 쉬어 가고

비가 오면 뿌리 깊은 곳 빗물 담아
햇볕 내리쬐며 반짝이는 잎새 잎새 나눔의 법칙 등불 삼아 함께 나누며

뿌리 내려 녹색 잎 움트는 소리에
꽃이 피고 지고 성장 하는 멜로디로
아름다운 세상으로 꿈꾸어 본다

오광자 | 2007년 『문학저널』 등단

먼지의 별을 당긴다

오현정

지리산 노고단 할미께 간다 돌바닥 밟아 오른다 후들거리는 나무의 다리를 세우며 간다 먼지 같은 나, 커 보이다 먼지보다 더 작아지는 너, 심장이 뛴다 이념도 사랑도 삼켜버린 뱀사골은 오를수록 깊다 우거진 시간의 음역이 우렁우렁 숲을 울게 하더니 나무와 나무 사이 접힌 찬란한 햇빛이 어느 한 생인 양 부시다 지리산의 궁은 하이브리드처럼 못다 한 젊음을 펼치며 달린다 우주의 한 행성인 지구에서 마스크를 벗는 날 천체망원경을 들고 신생의 반점을 닮은 몽골 처녀처럼 다시 맑은 별 보기 하러 간다

오현정 | 1989년 『현대문학』 등단

안부

유희숙

화마가 휩쓸고 간 산 언덕
온몸에 화상 입은 나무들
발등까지 타버려 위태롭게 흔들린다

머리카락 다 타버리고 힘겨운 박동 수
넘어지지 않으려 손을 잡아도 아무도 없다
토막 난 몸뚱이
혼자 저무는 밤

오랜 가뭄 뒤에 산불
한 모금의 물기조차 없어
더 이상 잎사귀를 피울 수 없다
살아 있는 것 같아도
까맣게 죽어가는,

어렴풋한 생生의 기억만이
깊은 흉터 속에 남아
마지막 안부를 전한다

유희숙 | 2021년 『월간문학』 등단

인제의 자작나무 숲에서

윤복선

차창 밖

바람을 흔들어 코스모스가

허리를 제끼며 현란한 춤을 추는 그 가을

인제의 자작나무 숲으로 나는 간다

깊어지려는 가을 산은

옷자락을 걷어 올리고

생명의 보금자리를 치느라 분주하다

언제나 품어주는 어머니처럼

모든 걸 다 내어 주는 당신처럼

숲은 자작자작 따뜻한 그리움이다

빽빽이 들어선 숲 사이로

가을 하늘이 드리워져

한 줄기 햇빛이 내려오고

생명의 시작과 끝이

그곳에 있음을

나는 알았다

윤복선 | 2016년 계간 『문파』 등단

자부심

윤연모

햇살이 넉살 좋게
단풍잎 위로 떨어지는 날

이파리가 넓적한 낙엽송은
땅 아래로 이파리를 펄펄 날린다

생명을 다한 그들의 미덕인 양
하늘하늘 떨어져 내린다

침엽수는 꼿꼿하게 서서
칼날을 번득이니 자부심이 빛난다

윤연모 | 1998년 『창작수필』 등단

무화과

이가은

언 삼동
빈 가지에 바람이 맵찹니다
섣불리 맞은 봄을
잎만 애써 피우다가
한여름
소낙비마저
온통 그냥 젖습니다.

촘촘히 배슬어 온
다디단 그리움을
꽃피우지
못한 채 옹이처럼 끌어안고
무서리 되게 내리는
늦가을을
앓습니다

이가은 | 2004년 『월간문학』 등단

빛을 안고 지고

이경희

해와 달 별, 피고지는 꽃들
동트는 새벽, 노을 지는 서쪽 하늘
땅거미 지는 어스름 저녁
얼마나 지순한 사랑 껴안겨 주었던가

영장靈長이라 일컫는 사람
우둔하고 나약한 구석 이르려
몰아치는 비바람 폭풍, 거침없는 매질
얼마나 엄청난 사랑 껴안겨 주었던가

이 사랑 다소곳이 품고 품어 살려서
앓고 있는 지구를 껴안아야지
가슴 깊이, 깊이 껴안아야지

이경희 | 1963년 『한국일보』 등단

木木木

나무껍질 경전

이병연

단단하기로 소문난 나무껍질

새가 부리로 쪼다 꽁무니를 빼고 비가 작심한 듯 내리치다 제풀에
물러나곤 했다

난데없이 나무의 몸통이 뭉툭 잘려 나가자
껍질은 차돌 같은 제 몸에 시퍼렇게 칼집을 내어
새 움이 나갈 길을 열어 주었다.

옛집 무너뜨리지 않고 새 집 짓지 못한다는
나무껍질의 뼈를 깎는 실천의 미학

평생 나를 지탱해 준 껍질
그대로 움켜쥐고는
아무것도 달라지지 않아

나무껍질 경전 만나러 상처 입은 숲으로 간다.

이병연 | 2016년 『시세계』 등단

스며들다

이상임

세 평 정도 크기에 있을 건 다 있다
심지어 화장실까지.

우연히 들른 후배 사무실
그녀 삶의 중심은 절약이다
탁자 만 원 냉장고 만 원 청소기 오천 원
만 원 이상은 없다.
가장 싼 물건들을 찾느라
중고 상점을 얼마나 돌아다녔을까

텔레비전에서는 중고품 활용으로
탄소 중립 실천 홍보 영상이 돌아가고

그녀 삶의 중심이
내게로 서서히 스며들고 있다

이상임 | 2010년 『순수문학』 등단

우라늄 이삼오235 재해석再解釋

미랑 이수정

태양이 뜨지 않으면
지구 위 모든 사람들
어둠 속에선 대체 어떤 모양일까

어둠 속에 불 밝히면
비로소 온 세상 훤히 빛난다
자연에서 찾아낸
그 작은 입자 우라늄 이삼오235

스스로 온몸 태워 전기를 만들어
온 누리 눈부셔 주는 그 위대함을
전기가 되어 우리 안방까지
들어오는 과정을 보았다

그 우라늄 불빛은
성당聖堂에서 미사 드릴 때도
불전佛前에서 불공 드릴 때도
제사상祭祀床에서도
인간의 모든 일상에 전기가 없으면
한순간도 앞으로 나아갈 수가 없다

불 · 전기 밝히며 기도가 시작된다
모든 시작의 초점焦點은

불 그리고 전깃불
태우고 굽고 삶고 찌고
오만 맛깔스러운 음식도 맘껏 한다

우리 삶 에너지 보고寶庫
에너지의 어머니 우라늄
불! 불! 불! 우라늄의 힘! 힘! 힘!
불은, 이로우면서도 자칫하면
모든 것을 다 앗아가기도 하지만

우라늄 이삼오235
오로지 빛이 되어 세상을 비춘다.

이수정 | 2003년 『서울문학』 등단

녹색성장

송하 이양임

모태의 숲
멍석에 누워 모깃불 피우고
눈을 뜨는 별이 있었다.

시의 종자를 심고
보리밭 밟으며 녹색 성장
묵정밭 파도가 출렁이고 있었다.

지구온난화 탄소 저감
폭염 폭우를 막을 수 있을까
지구가 링거를 달고
신음하고 있었다.

파도가 바위를 부딪치며 울고
나뭇잎 벌레 먹은 흔적이 다르듯
회귀로 눈을 씻고
모태의 탯줄로 맺어진 유년의 성장통
큰 나무 아래 숲이고 싶다.

이양임 | 2003년 『시마을』 등단

만해마을에서의 하룻밤

이영춘

큰 산이 나를 안고 잠을 잤다
나는 밤새 그의 품속에서
하얗게 설레었다

몇 년이나 흐르면
그를 닮은
큰 아이 하나 낳을 수 있을까

이영춘 | 1976년 『월간문학』 등단

푸른 잎 줄기의 성

사방 푸른잎 줄기의 성 만들어
고개 숙이고 들어 즐겁게 갇히겠네
그 속에 작은 오두막집 지어
무심히 밥 짓는 아낙이 되겠네

아침 창 열면 잎에 매달린
맑은 이슬에 눈 맞추며 묵언으로 인사 나누고
새로이 길러낸 예사롭잖은 촉수
진정 기쁨으로 축하한다 말해주고

푸른 잎 줄기 날마다 욕심 없이
생명 새롭게 한 발 내딛는 조용한 걸음을
자유롭게 떠도는 바람과 함께 미소로 바라보겠네

사시사철 맨발로 나가
그 푸른 잎 성을 걸으며
파란 하늘을 우러르겠네
밤하늘 별을 우러르겠네
이슬 마시며 축복의 하루를 살겠네

이옥진 | 1991년 『현대시』 등단

아침 숲

이옥희

밤새 는개 너울 쓴
신록의 표정이 낯설다

바람의 향방으로
고요를 깨고 가는 빛살

내 지난날들도
줄지어 따라 흔들린다

누군가의 입김으로
안개가 흩어지듯

짧은 말의 울림에
기억도 부서져 내린다

침엽수 여린 끝에 산소 결핍증
내 일상을 찌르는 한때

이옥희 | 1976년 『현대문학』 등단

유년의 새 날갯짓

이은경

햇살 맑은 봄 오후
바람 잠잠해
강변에 앉으니
강물은 어깨춤으로
화답을 하네

여기까지 달려온
힘겨운 나날
백발로 주저앉은
생각, 생각
강물에 던져 버렸는데

신기하구나
반짝반짝 되살아나는
유년의 새 날갯짓

더러는
생채기도 있으련만
흔적 보이지 않고

조각난 그리움만
숨 할딱이며
물살 위에서 덩실덩실
어깨춤을 추네.

이은경 | 1980년 『시문학』 등단

달을 매단 사과나무

이주남

사과나무 꽃필 때까지
제 몸 뉘여 잘 수 없다.

밑둥이 잘려지고 나면
꽃 핀 몸은 쉴 수 있다.

애당초 씨알이 영글 때
만유 인력 싹텄지러.

사과꽃 봄빛 따라 향기도 제법이다.
땡볕살 여름 내내 초록빛 빚은 단내
혀끝에 스친 향내라도
바람 앞에 붉디붉다.

초리 적 붉게 뻗은 가지
달을 매단 빛가지.

이주남 | 1986년 동아일보 등단

산림 치유

이주현

강원도 인제 자작나무 숲속
명물들이 마을을 이루고

아름다운 공작새 훤칠한 미녀들
청아한 물소리는 소야곡을 연주한다

공작새가 유혹의 날개를 펴면
미녀들은 어깨춤을 하늘거리고

상큼한 피톤치드 자작나무 향기는
공기에 지친 심신을 치유한다

마을마다 자작나무 숲을 만들어
국민 건강을 힐링으로 지키고 싶다

이주현 | 2016년 계간 「문파」 등단

휴休

이진숙

그 넉넉함에 기대면 평화로운 쉼이 되고
묵묵히 모두를 내 주고 또 품어 준다
얼마나
큰 축복인가
나무숲에 고개 숙인다

이진숙 | 1995년 『시조생활』 등단

촉수를 뻗친다, 스멀스멀

이혜선

영구언땅*이 녹고 있다
북극과 남극 가까운 고위도 지역, 습지가 된 땅에서
갇혀있던 고대 바이러스 고개 든다 스멀스멀

3만 년 냉동된 내 잠을, 뜨거워지는 지구가 녹여주었네
감사하는 마음으로 동료들의 잠을
깨워줘야지, 힘을 합해
인류와 동물들을 모두 사랑해 주어야지

코로나 바이러스보다 더 힘센 바이러스 떼들, 일제히
촉수 뻗친다 스멀스멀, 쓰다듬기 시작한다
인간과 순록이 펭귄이, 생명들이 모두 쓰러진다

뜨거워지는 지구를 오늘, 멈추지 않으면
인류세 말기, 지구 시대 종말
인류는 모두 사라지고
바이러스가 지배하는 캄캄한 혼돈, 침묵 세상이 되리라

지금, 너와 내가 멈추지 않으면,

---

* 영구언땅 : 영구동토. 수천 년 동안 지속적으로 결빙온도 이하로 유지되는 땅. 최근 지구
온난화로 빠르게 녹고 있다.

이혜선 | 1981년 『시문학』 등단

나무들

임병숙

쓰레기 쌓인 사춘기 현상에
어미는 속으로 썩는다

몸통 흔드는 태풍 불면
한곳에 뿌리박은 나무는
병들고 쓰러질 듯

아닌 듯이
살랑살랑 가지마다 춤추면
어미 얼굴에 꽃이 피겠지
다시금 깨끗한 날이 오면
장다리 굵어질 나무들

눈부신 자연 앞에
당당한 친구이기를~

임병숙 | 1984년 『순수문학』 등단

여름 장마

又敬堂 임정남

밤새 비가 내렸다
나무에 걸린
바람도
까치도
참새도
비에 젖어 가만히 앉아 울고 있다

위층에서 들리던
희미한 피아노 소리도 끊어지고
길 가던 차 소리도 뜸해지고

너와 나의 촉촉한 마음만 더해지고
우린 서로 손을 잡고
말없이 걸으며
이름 모를 꽃들에게
희망을 노래하며

그렇게 봐 주면서
함께 흘러가는 것
해와 달이 지날수록
하얗게 지워져 가는 것

허무한 희망에 몹시도 쓸쓸해지면

노년은
영원히 변하지 않을 사랑을
노래하고 싶다

임정남 | 2009년 계간 『문파』 등단

木木木

숲의 주소

임덕기

늙은 느티나무는 제 몸에 구멍을 파서
새들을 불러 모았다
바람이 들락거린 몸통에 드러난 둥근 뼈마디
셋집 구하기도 만만치 않은 계절
둥지를 차지하려는 새들의 날카로운 언쟁으로
해마다 봄은 들썩거렸다
구부정한 몸 넓은
그늘에 깃든
노랑지빠귀 날갯짓에
수피가 벗겨진 목덜미에 윤기가 돌고
보채는 울음에 노목은 기운을 차리더니
아파트 재건축으로 쓰러지기 전날 밤
새들은 나무의 유언대로
건너편 잡목으로 이주했다
이제 그늘이 무성한 숲의 주소에
사람이 살고 있다

임덕기 | 2010년 『수필시대』 등단

매미의 웃음소리

장의순

하하하하하
나는 숲속의 제왕이다
7년간을 땅 위에서 나무에서 기어 다니다
비 개인 어느 날
하느님이 날 불쌍히 여겨 날개를 달아 주었네
목소리도 내 몸뚱이보다 천 배 만 배 더 큰 스피커를 달아 주었지
하늘을 날아오르고
빌딩 같은 아파트 창문 방충망에 붙어 고래고래 소리질렀지
날 좀 보소, 날 좀 보소, 하고
날 반겨주는 시인 할머니는 내 모습을 찰칵 하고 사진 찍어 주었어

ㅎㅎㅎㅎㅎ
내 삶이 짧으면 어때
목청껏 노래 불러서 짝을 만났고, 한여름을 정복하였네
나는야 푸르고 눈부시게 찬란한 여름을 화려하게 살다 간다.

장의순 | 2002년 『시대문학』 등단

바람의 무늬가 움직인 자리

전민정

피어야 할 때를,
피어야 할 이유를 초록잎은 안다
활짝 열어 젖힌 창문 그 너머 펼쳐지는 아우성…

살아있는 일이란
스스로 길이 되어 마중을 나가는 일인걸

그리운 것들을 뒤로하고
바람의 무늬가 움직인 자리
새순 돋는 꽃잎

감사합니다, 고맙습니다.
작고 여린 이파리들이 도전해준 초록에게
인사를 전한다

전민정 | 2006년 『창조문예』 등단

수목원 산책길

설무 정기숙

푸른 숲이 우거진 숲속에
뻐꾹새 울음소리 뻐꾹뻐꾹
애잔하게 내 귓전을 울리네

능선 길모퉁이에 노송 한 그루
그 앞에 다가서며 숙연해지는
두 손 모아 감사의 기도를

발끝 닿는 곳마다 펼쳐진 숲속
맑은 공기 만끽하며 토해낸
싱그러운 발성 산자락을 울리네

정기숙 | 2007년 『문예춘추』 등단

땅의 말, 어머니의 말

정영숙

지구가 생성될 때
땅에 뿌리를 박은 나무로 태어났다
비를 맞으며 손과 발은 하늘 향해 뻗어갔다
햇빛 머금은 입은 온갖 언어로 세상을 노래했다
우리는 같은 땅에서 같은 언어로
제각기 다른 세상을 노래했다
땅인 어머니가 아프면 너와 나도 아프다
우리가 잘 자라도록 땅은 늘 몸을 뒤치며 쉬지 않고 움직인다
그녀의 기도로 새로운 세상을 보는 눈과 귀를 열고 꿈을 펼친다
우리가 쓰는 말은 땅의 말이며 어머니의 말이다
우리말이 사라지지 않도록
나무를 푸르게 잘 가꾸어야겠다

정영숙 | 1993년 시집

백로의 날개에 안부를 얹는다

정영자

푸른 하늘 흰 구름 걸친
동백섬 솔숲에 백로 대여섯 마리,
아침을 열고 있다.

동백섬 오른쪽 둘레길 들어가기 직전,
동양화에서만 만날 수 있는 풍경,
숲이 세상을 깨운다.
백로가 아침을 준비한다.
날개를 폈다가 접는다
세상이 흔들리다가 다시 조용하다.

뽀송거리는 작은 땀,
삐죽삐죽 흘러
아침 한나절 손수건 한 장이 젖는다

출근길 바쁘게 흘러도
할 일 없는 것이 할 일인 요즈음,
한참 잊고 있었던 사람들,
이 아침 백로의 날개에 안부를 얹어 본다

정영자 | 1980년 『현대문학』 등단

숲의 노래

조구자

기쁨과 슬픔에 휘청거리던
시련의 시간을 덜어내어
사유의 방에 내려놓고
마음속에 그리는 빛살

이제 나는 팔순을 넘어
연등매권蓮燈梅卷이라는
김구용 선생의 휘호를 통해서
매화꽃을 만났을 때

고마운 마음, 맑은 마음의 꽃말로
두 손을 흔들어
나의 희망을 노래하고
그 사랑 고이 간직하렵니다.

조구자 | 1982년 『현대시학』 등단

노환

조순애

밥상을 물리고나면
억울하게 속 타는 시늉으로 배를 움켜잡았다
이래저래 째고 잘라내고
차가운 침대에 누워
주렁주렁 약병들의 키 재기

장기가 하나씩 탈 나는 긴 행렬
진통제라는 제목으로 먹고 맞고 붙이고
타협하려고 온 밤을 헤매던
마침내 낡은 부품을 바꾸라는 신호
스스로 깨달은 처방은
바로 그 노환이었다

조순애 | 1970년 시집

한강에서

조정애

돌아오는 것이 어찌 맑은 개울뿐인가
대모산을 휘감아 운무가 흐르고
모래무지 피라미 헤엄치는 양재천은
고향의 풍경으로 날아오른다
풀포기 같은 하루가 저물고
시골집 뒤란 감나무 끝에
고샅길을 환히 비추는 달이 뜨면
물억새 춤추는 탄천을 걸어보리라
돌아오는 것이 어찌 추억뿐인가
풀숲을 스치는 바람소리와
꽃길을 건너가는 그리움을 따라가면
두고 온 고향이야기 다시 만나보리라

조정애 | 1990년 시집

숲, 기웃거리다

지연희

너와 나 우리는
오백만 년 전 숲에서 왔다
한여름 불덩이 같은 도심의 열기 속에서
문명의 이기로 규격화된 삭막한 정신의 폐해 속에서
감추어지고 왜곡된 진실처럼 훼손된 자연의 피폐 속에서
한 모금의 숨, 쉬기 위하여 한 그루의 나무를 심는
저 그린란드의 무너져 내리는 빙산을 바라보며
그리워하고 있다
기웃거리고 있다

숲,

그대의 싱그러운 가슴
맨몸의 순수가 지녔던 절대한의 공간으로
종래에는 산산이 흩어진 생명이 가닿는 곳
아득히 먼 그 허공의 길로 돌아가는 일

밤낮으로 창문 밖을 내다보며 그리움을 깁는
이 절대한의 기웃거림
애초부터 시작된 이별의 모순으로 키를 세우는
숲

지연희 | 1983년 『월간문학』 등단

망우리 문인들의 묘

진길자

푸른 결기 다 삭히고 몸도 사른 혼령들이
허공에 빛 뿌리며 아쉬워한 길목에서
정열은
불길이 되어
묻혀서도 번진다

머문 시간 사연들도 글 속에서 만나보면
못다 펼친 이상들은 빛처럼 반짝인다
거창한
시인이란 무게
봉분 앞이 초라하다

진길자 | 1997년 『시조생활』 등단

Photograph

진 란

먼 데서 갸르릉 거리는 천둥소리
늦골을 흘러내리던 빗물이 울렁이며
예스퍼 랜엄*과 몸을 섞는다
창을 잡아채는 바람은 배곯은 승냥이처럼
덜컹거리며 울어댄다
숨어 울기 좋은 방, 나는 뭐하고 있나
좀 얄미운 사람일까 쓸모없는 궁상
곰곰 곰삭이다가 흩어지는 풍경이다
눈꺼풀 눅눅해지다가
늦여름과 초가을이 상견례 중이라고
공손을 다하여 말랑말랑해지는 귀

---

* 예스퍼 랜엄 : Jesper Ranum, 〈Photograph〉를 부른 덴마크 가수.

진 란 | 2002년 『주변인과 시』 등단

인류와 지구를 위하여

차옥혜

페루에 있는 독일 에너지 기업 탄소배출 탓으로 안데스산맥 빙하 녹
아 빙하호 제방 무너지면 아랫마을 홍수에 쓸려나가고 빙하호 텅 비면
가뭄에 시달리는 주민이 독일 본사를 상대로 독일 법원에 소송 제기

네덜란드 시민들은 화석연료 대기업 상대 헤이그법원에 제소하여 "생
명권 침해 우려되니 주의하라. 탄소 45% 줄여라"는 승소 판결 받음

한국 아이 61명과 태아 1명을 대신한 엄마가 "미래 세대 기본권 침해
마세요"라며 탄소중립기본법 시행령 헌법 소원 제기

1988년부터 2015년까지 세계 100대 기업 배출 온실가스는 전 세계
산업 배출량의 70.6%, 세계 곳곳 기후변화 소송 속출

차옥혜 | 1984년 『한국문학』 등단

장생포

채자경

어미 고래를 데려오지 못한 해변은
불가사리 무덤이다

희로애락으로 출렁이던 부두는
물갈퀴에 부서지는 파도소리
죽지 잃은 물새가 따라부른다

따뜻한 입김 주고받던
등대의 사랑도
세월에 갇힌 빛바랜 이야기

풀리지 않는 안개 무덤에
부초처럼 떠도는 폐선
검푸른 심해의 비밀을 뱉고 있다

물보라에 흩어지고
방파제에서 부서지는
모래알의 속사정을 누가 알까

갈매기도 뱃고동도
서러운 고래의 울음을 닮아간다

채자경 | 2018년 『순수문학』 등단

화담和談숲*에서

천옥희

세월이 가꾼 흔적 이 숲에도 모여 있네
병풍 같은 큰 바위 분재들과 계절꽃
저마다 사는 궤적을 담소談笑하듯 보이네

손잡고 오르는 길 하늘 더욱 푸르고
흐르는 물소리에 찌든 맘이 씻기어
미소로 전하는 마음 따뜻하고 고와라

화담숲 고운 향내 스며든 가슴으로
어진이 높은 뜻을 품으며 살으라고
바람이 속삭여주네 함께해서 좋은 날

---

* 화담숲 : 경기도 광주시 도척면 도척윗로 278-1 소재

천옥희 | 2001년 『시조생활』 등단

숲길을 걸으면

최균희

녹음이 울창한 숲길을 걸으면
싸리꽃 한들한들 손 흔들어 반겨주고
귀여운 다람쥐 재롱떨며 달려오네.
쪼롱 쪼로롱 지저귀는 산새들이
저절로 더덩실 어깨춤을 추게 해요.

아름드리 빽빽한 숲길을 걸으면
나리꽃 너울너울 고개 숙여 인사하고
시원한 계곡물이 노래하며 환영하네.
살랑 살라랑 상쾌한 실바람이
저절로 휘~익 휘파람을 불게 해요.

최균희 | 1975년 조선일보 등단

나는, 산_山 아이

최영희

산 위로 방긋! 해가 뜨고 산 뒤로 까꿍! 해가 지는
내 고향 단양은, 빙빙! 산으로 둘러싸인 아름다운 곳
나는 응아! 하고 산을 보고 태어나 산을 보며 자란
세상이 모두 산山인 줄만 알고 자란, 산山 아이
산山에서부터 흐르는 물소리는 졸졸졸! 언제나 맑고
투명했다 산山에서부터 부는 바람은 초가집 마당까지
청아한 새소리와 함께 솔향까지 실어 불었다 어머니 품만
같은 그 소리! 그 향기! 멀리 보이는 산등성, 그 안의
어린 날 토끼처럼 뛰고 놀던 숲길! 산山은, 영원한
내 안의 그리움… 내 안의 치유의 동산.

최영희 | 2004년 『시마을』 등단

도심지 가로수

하순명

한 뼘 땅에 만족했던 우직한 가로수에게
도시는 명령한다
허구한 날 푸르기를

소음과 매연에 물든 도로변 가로등 곁에서
폭염이나 혹한에 마음이 시달릴 때도
행인들은 그 곁을 무심히 지나갔다

묵묵히 허공에 길을 내고
수시로 눈 속에 얼었다가 땡볕에 녹았다가
옴짝달싹 못하는 발을 조금씩 움직이며
그는 귀를 막고 속으로 울었다

이른 봄 수없이 톱날에 잘려나간
통증을 기억하는 나무들

봄이 오는 소리에 부르르 몸서리치고 있다.

하순명 | 1997년 『교단문학』 등단

木木木

들꽃 지고 나면

한경희

적상산赤裳山에 들꽃이
노랗게 지고나면

5월의 나무꽃들이
피어나기 시작한다

아 님아 저 오고 가는
기약期約들을 보라.

한경희 | 2000년 『시조생활』 등단

지그시, 봄

한분순

갓 물오른 눈꼬리 가지런히 삽상한
곡마단 구경하듯 흰 이를 드러낸 봄
어깨를 지그시 안는 격려로 바람결

영원을 다스리려 낯가리던 꽃 벙글어
서둘러 눈뜨는 것 슬기며 미쁨이다
참하게 피어오르니 기도처럼 품으며

한분순 | 1970년 서울신문 등단

木木木

당신은 말할 수 있나요

한윤희

초록색만 쫓아가면 내가 가고 싶은 곳에 갈 수 있죠 머리를 하얗게 비우고 가는 거죠
녹색 계단을 오르다가 다시 돌아서 화살표를 따라갑니다

이 몸짓들, 누군가를 부릅니다

비가 쏟아져요 숲이 쏟아져요 문장이 비틀거리며 지나가요

치아와 치아 사이로 음악처럼 드나들던 M 간호사의 가늘고 부드러운 손가락 둥글게 구부러져 흑백 건반을 건드리며 지나가요
안으로 비비고 들어오는 불투명한 낱말들, 물렁해지는 여양로

당신은 이 풍경을 그릴 수 있나요
도무지 알아들을 수 없는 새들의 말과 아무도 없는 숲 속에서 들려오는 목소리를
산책로 길게 늘어선 흰 무리들, 여기는 누가 지나간 길인가요

우리 모두는 고개를 숙입니다

한윤희 | 2005년 『문학시대』 등단

물빛 식탁

한이나

그녀가 물의 정원 나무 그늘에 식탁을 차렸다
눈앞 강물이 반짝이고 풀밭은 초록의 그림자
우리만 나이를 한참 먹었다

정성을 차린 우리들의 싱싱한 식탁
찰진 이야기 술술 풀려나오는
물빛 사월 만찬인 듯

오늘 하루 나를 낭비하지 않기로 했다
너무 힘껏 살지 않기로 했다

계단이 없는 평평한 물의 정원 저 푸른 그림자의 풀밭
나무 그늘에 누워 하늘을 독차지한 게
오늘 내 전부
아무도 슬프지 않아 지루한 내 생의 정점

그림자의 그림자인 내가 웃는다
죽은 친구는 저승 벌판 헤매느라 오지 못하고
오래 펄럭였던 얘기 한 줌 바람으로 정결했다

한이나 | 1994년 『현대시학』 발표

木木木

메이드 인 아프리카 Made in Africa

허영자

오래 입어 구멍 뚫린
낡은 옷
버리려다 문득
읽은 상표

〈Made in Africa〉

아차
잘못할 뻔 하였구나

먹을 음식이 없는 아이들
마실 물조차 없는 아이들
그 굶주림과 목마름
가녀린 까만 손의 극한노동極限勞動

자칫
쓰레기로 만들 뻔하였구나

정말
이건 아니지
돋보기를 다시 쓰고
바늘에 실을 꿴다.

허영자 | 1961년 『현대문학』 등단

숲속 나무와 하나 되니

佳園 홍경자

태풍 송다가 지나간 후
말끔하게 단장하고
손님을 맞이하는 서울숲

인적 드물고 적막한 숲길 천천히 거닐며
빗물로 세수한 숲속 나무와 하나 되니
노란 수련 꽃 둥둥 뜬 호수의 분수가 물 뿜어
바람결 따라 얼굴 간질이며 축하해요 한다

홍경자 | 2008년 『순수문학』 등단

그래서 나는 유독 쓸쓸한 별 앞에 선다

홍금자

주먹만 한 별이 머리 위에서 떨어지는 밤은 가을이 한창이었다
들녘에서 벼들이 고개를 숙인 채 잘 익은 계절에 목례를 올린다

북극의 빙하는 1초에 원자폭탄 5개의 열량에 몸을 쏟고
수증기는 지구의 머리를 타고 하늘로 올라
더 이상 별들을 볼 수 없게 하려는데,
머지않아 바다의 눈물 나의 눈물이 될 텐데,

고래의 상처 스스로의 용현향 기름으로 자가치료 하듯
이 지구의 무너짐의 치료 비법은 어디 있을까

그렇지, 신이 주신 자연과 인간의 상생의 사랑
바로 이것이 4차원의 항생제인 것을
수술대 위에 누운 지구를 그윽히 바라보는 쓸쓸한 저녁

홍금자 | 1987년 『예술계』 등단

나무 아미蛾眉 절 한 채

홍정숙

동화사 오르는 길목에 늙은 단풍나무 한 그루
나비를 날리고 있다
그림자 어룽진 발 밑에는
날리려다 놓쳐버린 나비들이
날개를 팔랑거리며 어디론가 가고 있다

오래된 단풍나무는
이른 봄 나비 알을 품어서
사각사각 나무의 혀를 갉는 애벌레에게
경전 한 구절씩 먹여주더니
이제 세상 속으로 파견하고 있다
나무 아미 절 한 채 날아가고 있다

홍정숙 | 1984년 『죽순지』 등단

넷

가을 발자국

박현경

구르몽의 시를 읊어주던 남편의 목소리가 들리는 듯하다. "가까이 와요. 우리도 언젠가는 낙엽이 될 거예요"라고 마음을 잡아끌던 베이스톤의 다정함이 가을바람을 타고 지나간다. 시공을 넘어 함께할 수 있는 가을 길에 들어서면 나는 추억으로 산다. 발 밑에서 바스락대는 낙엽이 조곤조곤 말을 건다. 안의 사람과 밖의 사람이 대화를 하며 걷다보면 내 마음에도 단풍이 든다. 가을이라는 물리적 시간의 울타리를 벗어나 심리적 시간에 가닿곤 한다.

담배를 피우는 남편 모습이 멋있던 때가 있었다. 줄담배는 남편의 심볼이었다. 선물 받은 파이프로 담배를 뻐끔대던 모습이 눈에 어른거린다. 그는 세상이라는 험한 바다 앞에서 낭만적인 삶을 꿈꾸곤 했다. 매년 가을이면 출가한 딸 가족들과 호텔에서 만나 추억을 만들었다.

사람은 가고 없지만 단풍잎은 지난여름 뜨거운 볕에서 견뎌낸 시간과, 비바람의 극한을 지나 고운 옷으로 갈아입고 명상에 잠겨있다. 사각대는 낙엽 밟는 소리가 어머니의 비단 치맛자락 스치는 소리 같아 나는 눈을 감는다.

가족 문화가 되어버린 가을맞이 만남은 손자, 손녀들에게 특별한 선물이 되었다. 그가 없는 만남에서 아이들은 추억으로 아버지와 할아버지의 모습을 그려 넣었다. 가족이라는 그림이 완성되는 듯했다. 그가 나의 잔소리에 귀를 열었다면 지금쯤 가을 주변을 서성이고 있을 것이다.

호텔 산책로 돌계단 위에 붉은 단풍잎 한 장이 앉아 있다. 막내딸이 아름답다며 탄성을 지르더니 카톡 대문 사진으로 올려놓았다. 말 없는 낙엽 친구와 노는 계절이면 나는 무슨 색깔로 물들어가고 있을까 궁금해진다. 아름다운 빛깔로 물드는 단풍잎에서 익어가는 노년의 삶을 본다. 인생의 가을 그림을 그리고 있는 나는 외롭고 쓸쓸해서 뺨이 붉어지곤 한다.

비가 온 아침 산책길에 낙엽을 밟고 지나다가 슬픔을 보았다. 나뭇가지에 맺힌 빗방울을 보며 내 눈에 눈물이 고였다. 뒹구는 낙엽은 인생의 가을을 향해서 가는 내 모습을 보게 한다. 이제야 철이 들어가는 것일까. 바닥에 내려앉은 선홍빛 단풍잎 몇 장을 집어 들고 집으로 돌아왔다. 하얀 접시에 올려놓고 사진을 찍어 딸들에게 보냈다.

낙엽이 진 후 지상에는 하늘로 간 단풍의 길이 선명하게 남아있다. 나무와 낙엽의 이별에는 눈물이 없을까. 그것은 다시 돌아오겠다는 약속일지도 모른다. 나뭇잎이 하나둘 내 발 밑으로 팔랑팔랑 내려오는 거리에 서면 상념에 빠진다.

어느 핸가 가을이 떠나던 날 노란 낙엽비를 맞으며 추억의 길을 걸었다. 자주 들르는 커피숍에서 바라보는 가을 풍경은 또 다른 기쁨이었다. 테라스에 앉아 있으면 가을바람이 내 커피 잔에 낭만을 한 스푼 넣고 저어준다. 가을 길은 쓸쓸해도 좋다. 지나온 묵직한 시간이 나를 침묵하게 한다. 하늘은 언제나 등 뒤에 있다는 말을 실감하는 지금, 나는 홀로 남겨졌다. 먼저 떠난 그의 빈자리와 마주하고 있다.

봄에 새순으로 피어나 초록으로 성장한 나뭇잎은 자연으로 돌아가는 시간을 어떻게 아는 것일까. 땅으로 내려와 가을의 낭만을 선물하는 낙엽처럼 나도 누군가의 마음을 물들이고 싶은 인생의 가을역에 도착했다. 창문에서 나뭇잎 부딪는 소리가 혼자 있는 나의 쓸쓸한 시간을 흔들어댄다. 탁자 위 커피 한 잔과 대화를 나눈다. 하이든 첼로의 슬프고 애잔한 선율이 춤추는 낙엽처럼 커피 잔으로 흐른다. 더 이상 존재와의 대화가 필요 없다.

나는 가을 나무의 그늘진 나이테처럼 내 몸에 나이를 새겨 넣는다. 비밀스러운 내 안을 들여다보는 가을이 맥박을 빨라지게 한다. 인생이라는 책을 덮을 때 어떤 문장을 두고 떠날 것인가. 고개를 끄덕이며 붉은 단풍잎처럼 공감의 단어를 찾으며 나의 가을은 깊어가고 있다.

박현경 | 2017년 「현대수필」 등단

걸어 다니는 나무

사공정숙

한 번쯤 걸어 다니는 나무를 보고 싶었다. 밤이면 숲속의 크고 작은 나무들이 제각각 자신들의 표식이나 상징을 화관처럼 쓰고 떼 지어 바다 구경을 가거나 마을로 내려오는 꿈을 꾸었다. 산마을에 살던 어린 시절의 상상이긴 하였지만. 지리산의 나무가 수백 년 수령의 선배 노거수를 찾아 세배를 올리고 축지법으로 날아올라 멀리 시베리아 설원의 자작나무 숲으로 마실을 다녀온다면 멋지지 않은가. 안부를 묻고, 소식을 전하는 나무들의 수런거림이 잠결에 파도처럼 밀려들곤 하였다. 그러나 아침이면 그 많은 나무가 모두 시침 떼고 제자리로 돌아가 묵묵히 제 할 일을 하는 것이다.

걸어 다니지 않아도 나무는 가지 않는 곳, 없는 데가 없다. 우리의 시선이 닿는 곳에는 언제나 나무의 다채로운 변신을 목격할 수 있다. 당연한 듯 나무의 숨결 속에서 지구별의 많은 생명체가 편안한 호흡을 이어간다. 이렇게 나무는 끝없이 주지만 지구 환경은 한계점에 도달하였다는 경고가 오래전부터 있어왔다. 어떻게 해야 할까. 바다를 모르던 나무도 몇몇은 배가 되어 푸른 항구에서 대양을 항해하는 꿈을 실현하였듯이 우리도 나무가 될 수 없어도 나무의 덕을 배우고 실천하면 될 일이다. 한 장의 종이, 한 방울의 물도 귀하게 쓰는 소박한 생활을 꾸려가면서 말이다.

가까이 있는 풀 한 포기, 나무 한 그루도 소중히 여기고 가꾸어 나가면 나비 효과로 저 먼 숲속의 나무들에게 격려의 메시지가 전해지지 않을까. 숲을 보전하고, 살리면서 푸른 지구별을 후손에게 물려줄 수 있는 복잡 다양한 프로젝트에 힘을 보탤 수 있는 길은 어쩌면 가까운 곳에서 작은 일이라도 행동으로 옮기는 것일 게다.

선정에 들듯 언제나 한 자리에 서 있는 나무, 그들의 지하 세계를 볼 수 있다면 그보다 더 스펙터클한 장관은 없을 터이다. 가뭄에도 마르지 않는 수맥을 찾아 바위도 뚫으며 자신의 키보다 더 깊이 내린 뿌리가 서로 붙잡고 지상의 위상을 키워나가는 모습과 마주한다면 생명의 경외감에 가슴 벅찰 것이다. 쉬지 않고 오르내리는 물관과 체관의 역동성 앞에서 문득 실존이란 바로 이런 것이라는 깨달음이 스쳐가지 않을까.

먹고, 입고, 쓰느라 썩지도 않는 쓰레기 산을 만드는 데 일조하는 나와는 다른 '아낌없이 주는 나무'를 보며 늘 경이 속에서 경배를 바치곤 했다. 환경을 탓하지 않고 공생과 경쟁이 펼쳐지는 자연 속에서 생명이 다할 때까지 성장을 멈추지 않는 삶의 자세를 나이테에 새겨가는 '걸어 다니는 나무'로 살고 싶다. 아주 나무를 닮고 싶었다.

늦가을 산사로 올라가는 길, 거친 둥걸의 옹이 속에 사람의 얼굴을 담고 있는 늙은 나무를 만났다. 오늘 밤에는 뚜벅뚜벅 산을 걸어 내려오는 나무들의 발자국 소리를 들을 수 있겠다.

사공정숙 | 1998년 『예술세계』 등단

木木木木

팥시루떡

서용좌

팥시루떡을 찌는 새벽은 분주했다. 마침 여름 방학에 생일을 맞는 우리 집 꼬맹이가 본가에 왔다. 시골에서 자란 기억이 없겠지만, 시골 태생은 맞다. 그때 울먹이던 세 살배기 언니는 난생처음 엄마와 떨어져서 할머니와 함께 잠을 잤다. 그 애도 겨울방학에 생일이 있다.

아이들의 생일에 가장 신난 사람은 할머니다. 정작 아이들은 어떨지 모르겠다. 우선 생일상에 아이들이 가장 좋아하는 갈비며 삼겹살이 오르지 않기 때문이다. 365일 먹을 수 있는 고기를 생일날 하루만 참자는 할머니 때문이다. 할머니는, 그러니까 나는, 생일상에 붉은 통팥으로 쪄낸 팥시루떡을 시루째 올리고, 옛날 쓰던 작은 등잔 대신 티라이트에 불을 붙여준다. 애들이 실망할까 봐서 생일 케이크도 함께 올린다. 다행스레 고기 빠진 잡채며 전 그리고 나물들은 모두가 좋아하는 편이다. 그 나름 시골 반찬들이 익숙해서일까.

어렸을 때 각인된 몇 장면들이 있다. 대가족 살림이라 집에서 기르던 닭들은 물론 더 큰 육류도 너른 샘가에서 도륙되었던 장면들이다. 내장들이 시멘트로 두른 샘가에 널려있고, 아, 그것은 무서운 순간들이었다. 그런 일들로 다락방 같은 이 층에만 박혀있는 버릇이 생겼는지도 모른다. 밥상에서 나는 그때 죽인 것들이라고 느껴지는 모든 음식들을 토했다. '토끼삼신'이 점지해 보낸 애기라고 모두들 혀를 내둘렀다. 채식주의자가 아니라 그냥 육식을 몸으로 저항하면서 자랐다. 운동장 조회시간이면 단골로 쓰러지는 빈혈에 일조했더라도, 나는 석박지에 콩나물이며 고구마전을 먹고도 키가 컸다.

결혼은 사람에게 어른이라는 족쇄를 달아주었다. 더 이상 애 같은 상상력으로 식재료를 피할 수 없었다. 조기매운탕을 끓이기 위해서는 눈을 동그랗게 뜨고 있는 물고기를 토막내야 했다. 칼끝의 뭉클한 느낌에도 눈을 감지도 않는 그것, 이미 죽어서 내 도마 위에 올라온 물고기, '그래, 이것은 다만 식재료야!' 그렇게 타협을 하고 살아왔다. 대신 생일 밥상만은 지킨다. 오늘 하루만이라도 살생을 말자…. 다행스레 가족들은 이해심이 많았다.

그런데 어느 날 큰애가 집에 오더니 느닷없이 채식을 했다. 살짝 놀라웠다. 어려서도 아빠를 따라서 스테이크를 즐기던 아이였으니까. 어떤 계기로 어떤 이유로, 그런 것은 묻지 않았다. 평소에 질문이 적은 사이다. 그동안 고기를 너무 많이 먹었다 싶어서요, 라고 변명 같은 말을 했다. 어딘가에 동물을 거부하는 유전자가 흘러들어 갔었나. 후천적 학습인가. 채식이 단순히 순간 취향이더라도 오래 가길 바라는 심정이 되었다.

물론 인간은 잡식성 동물이고 단백질 섭취가 필수불가결인 것을 안다. 다만 고급 육류의 과다 소비가 불러오는 폐해의 심각성도 객관적으로 고려할 사항이 되었다. 밸런타인데이인가 무슨 데이들이 상품화되면서 삼겹살 데이라는 것도 생겨났는데, 도축장에 끌려가는 돼지들의 사진을 본 적이 있다. 그때 비질(도축장 등을 방문해서 목격한 내용들을 기록해 공유하는 행동) 회원의 글을 읽었을 때의 소름이 다시 돋는다. 도축 전 12시간을 굶기느라 생의 마지막에 물 한 모금도 불허된 돼지들의 이야기였다. 트럭의 쇠창살을 깨물고 있는 오물투성이 돼지의 모습은 증오 그 자체였다.

사육장을 확보하기 위해서 쓰러져가는 숲의 나무들, 숲에서 멸종되어가는 야생동물들, 심지어는 숲에서 쫓겨나는- 이를테면 아마존 원주민들의 얼굴이 눈앞으로 다가왔다. 축산업자들은 벌목업자들과 농장주들과 협업을 한다. 소 돼지 닭들을 먹일 사료를 생산하기 위해서 지구상의 토지 1/4 이상을 사용한다는 보고도 있다. 소고기 1kg 생산에 곡물 7kg, 돼지고기는 3.5kg, 닭고기는 2kg 필요하고(조선비즈, 정재영 2012), 우리는 곡물 부족에 허덕이는 먼 나라 사람들을 구호의 대상으로 여기고 푼돈을 낼 뿐이다. 물도 그렇다. 소고기 1kg 생산에 15,500 l 의 물이 든다. 돼지고기는 4,800 l, 닭고기는 3,900 l 란다. 소고기 1kg을 덜 먹으면 1.8 l 페트병 8,611개의 물을 아끼게 된다(한겨레, 김현대 2011).

선진국의 육류 소비는 1인당 연간 80kg이란다. 조금 덜 먹으면 안 될까. 목초지를 조성하는 과정에서 생긴 생태계 파괴는 논외로 하더라도, 사육장 동물들이 뿜어내는 메탄가스는 이산화탄소보다 더 심각한 지구온난화의 주범이다. 육류 과다 생산의 정말 큰 죄는 지구상의 음식 불균형이다. 인간의 공존과 미래의 환경을 위해서라면, 오늘의 맛을, 오늘의 욕구를 조금 포기하면 안될까.

서용좌 | 2002년 『소설시대』 등단

댕이 아버지의 흙장

서정자

오랜만에 근무했던 학교엘 가게 됐다. 십삼 년만이다. 정년이 되어 볼 일이 없고 보니 거리가 꽤 되는 지방까지 가게 되지 않았다. 무슨 구실을 하나 맡겨주어 종종 회의에 참석은 해왔으나 서울에서 열리는 거여서 학교까지 방문하게는 되지 않았다. 바람 쐴 겸 기차를 탔다. 가을이 무르녹았다. 산은 단풍 빛깔이 섞여 갈색 맛이 나고 거리의 가로수는 은행나무가 많아 온통 노란 풍경이 화려하다. 학교를 한 번 돌아보는데 모든 것이 그대로인 듯하면서 어딘지 그윽한 것이 나무들이 우거지고 자란 탓 같다. 문득 목백합 나무가 눈에 들어왔다. 처음엔 나도 플라타너스인 줄 알았던 나무다. 봄이 되자 어린 속잎 같은 연초록빛이 나붓나붓한 나뭇잎 사이로 폈다. 잘 들여다보니 그것이 꽃이었다. 목백합 나무라는 이름을 가졌다는 것을 알았다. 숲에서 목백합 나무 단지를 만났을 때는 이 나무의 유용성에 대해서만 들었다. 빨리 자라고 목질이 좋아 가구용으로 쓰인다는 것, 그래서 산림청에 국가적 사업으로 심을 수종으로 추천했다는 이야기. 그런데 꽃을 보게 되었고 그 소박하고 겸허한 아름다움에 반했으며 이 꽃을 본 사람이 드물리라는 생각에 나의 비밀이 하나 생겨 기뻐했던 것이 생각났다. 목백합 나무를 이야기를 해준 분은 엄청난 크기의 숲을 이룬 독립가로서 숲이 지닌 경제성을 목표로 가꾸었으나 숲이 지닌 많은 덕목으로 더욱 크게 평가되는 것을 본다. 학교에 취직하여 마음 놓고 원하는 학문을 이어갈 타이틀 지니게 된 것만 기뻐하였는데 그에 더하여 성실과 인내의 표상과도 같은 이 어른을 만나 인생의 스승으로 모실 수 있었던 것은 나의 행운이었다. 사람은 처음부터 위대한 뜻을 품고 그 뜻을 이루는 일도 있지만 작은 뜻에 집중하다가 큰일을 이루는 일도 있다. 그는 녹색

성장, 탄소중립과 같은 현 세계의 가장 뜨거운 이슈에 부응하는 큰일을 이루시지 않았는가.

이규희 작가가 쓴 『속솔이뜸의 댕이』의 주인공 댕이 아버지도 그렇다. 작가는 소설 속에 댕이 아버지가 자신의 몸을 밭두렁에 묻으라 유언케 하여 아무도 몰래 평생 척박한 농토를 비옥하게 만드는 이야기를 담았다. 부차적 인물인 한 농부의 죽음은 이렇게 소설의 한 절정으로 올라선다. 머슴으로 살며 마련한 산비탈의 손바닥만 한 밭을 걸우(기름지고 양분이 많게 하다, 한국어사전)는 이 농부의 노력은 그 어느 연구실의 학자보다 진지했다. 농촌에 대해 아는 바 전혀 없었던 나는 동아일보 장편소설 현상 모집에서 당선한(1963) 『속솔이뜸의 댕이』의 이 장면이 퍽 인상적이어서 잊지 않고 있었을 뿐 그 의미를 충분히 이해하지 못했다. 하지만 수십 년이 지나서도 댕이 아버지가 밭두렁에 묻히던 충격만은 잊히지 않아서 소설을 다시 찾아 읽어보았다. 다시 읽고 비로소 자신의 몸을 거름으로 내어주는 댕이 아버지라는 인물 설정이 매우 진지하고 의도적이었음을 발견했다. 소설은 이 토장-댕이 아버지의 몸을 밭두렁에 묻는-으로 농토를 걸우게 하였을 뿐 아니라 탄소배출을 0으로 만들었다. 화장火葬을 해도 대기오염이요, 탄소배출이 되는 문제점이 있는 데다 분묘를 만들자면 엄청난 묘지가 필요하여 세계는 새로운 장묘 문화 고안에 머리를 모으고 있다. 초장, 수목장, 해양장, 화장…. 그런데 작가는 댕이 아버지를 통해 탄소배출이 0인 장례를 고안했고 몸 역시 두엄에 해당할 친환경 비료로 만들어 오늘날 환경론자가 지향하는 방향을 구현했다. 얼마 전 캐나다에서는 새로운 장묘 문화로 토장土葬을 하되 그것을 땅에 묻는 것이 아니라, 과학적인 방법으로 하여 탄소배출을 0으로 하는 방식이라고 뉴스가 떴다. 비용은 약 9백만 원이라고 하니 요즘 어지간한 장례 비용이 1천만 원을 웃도는 것에 비하면 비싸다고 할 수 없다. 최근에는 인간의 분뇨糞尿를 비료로 이용하는 방안을 만들어냈다는 소문도 들려온다. 댕이 아버지의 시신은 분명 관棺을 쓰지 않았을 것이다. 개 젱키가 쥐약 먹고 죽었을 때 땅에 묻어 거름으로 했듯이, 그리고 사냥한 토끼 등 짐승을 두엄 속에 차곡차곡 넣었듯이 땅의 거름이 되게 그렇게 그냥 묻었으리라. 기후 위기를 잘 넘겨 지구와 인간이 무사히 살아남기를 간절히 바란다.

서정자 | 1988년 『현대문학』 『소설과사상』 『문학정신』 평론 등단

나무들의 집

안윤자

지금 나의 집은 옛 도성 육조거리에서 얼마간 비켜 앉은 동네에 있다. 백련산 아랫마을로 오밀조밀 붙어살던 낡고 오래된 초상들의 재개발이라 한다. 우뚝한 고층 단지가 꽉 채워진 이후에야 내가 이사 들었으니 옛 모습은 알 길이 없다. 아마도 시커먼 전선이 이리저리로 얽힌 산동네였으리라. 이제 와선 그저 상상의 영역. 이만큼 살아보니 지나간 그림자는 한낱 공空일 뿐, 허虛일 뿐. 여기 당도하기까지의 노정이 숨이 찼다. 누구나의 인생 행로가 그러하듯.

대형마트와 성당과 대학병원이 인접한 곳. 지하철역이 코앞에 있어 시쳇말로 역세권이라 불리는 고층의 나의 집. 우거진 나무들과 단풍나무 숲이 여러 갈래 오솔길을 이룬 푸른 단지의 어느 창窓 안에 내가 머문다.

젊어서는 그리도 고독한 뜰을 동경했는데. 파도가 닿는 연안沿岸의 오두막 한 채를 골몰히 꿈꾸기도 했었지. 한데 이젠 번잡한 도회의 소음이 한결 마음 편하다. 고독은 산중山中 상념이 아니라 저잣거리에서 밟히는 파편이란 걸 알게 된 때문이다. 어쩌면 생의 마지막 쉼표가 될지도 모르는 이 처소, 내 집의 뒤란은 나지막한 능선이 졸고 있는 산길로 열려있다. 나의 신전 으슥한 나무들의 집으로.

단지에 늘어선 조경수들이 우람한 성목으로 무성해져 갈 동안, 내 육신은 점점 소멸을 향해서 작아질 것이다. 나무들이 지금보다 더 그윽한 그늘을 드리울 때쯤이면, 아아 그날에도 나는 오늘처럼 한 줄 시를 다듬고 있으려나.

미국 남동부 애팔래치아 산맥의 오두막에서 농경과 수렵을 했던 체로키족은 비밀 장소를 저마다 가슴속에 품고 살았다. 은밀히 간수한 그 공간은 영혼의 마음을 닦기 위한 인디언의 비법이며 숭고한 전통이었다. 우주와 접선이 된 산속 자기 나무 아래서 체로키 인디언들은 바람이 잎새를 흔들며 슬쩍 떨구고 지나가는 신탁을 엿듣곤 했다. 문득 나도 나만의 숲이 그립다. 오가며 은연히 신호를 보낼 잎이 무성한 한 그루의 나무를! 그 신성한 그늘 밑에서 이따금 졸고 싶다.

숲과 나무들, 별이 총총 빛나는 밤하늘, 깊이를 알 수 없는 바닷속 비밀과 강물의 밀어, 그리고 새파랗게 열린 창공은 평생을 두고 그리도 연모하고 눈물겨웠던 나의 노래요, 추억이며 가없는 그리움이었다. 그리움의 끝, 포구에 닿는 그 지점을 저만치 바라보고 있다.

안윤자 | 2021년 계간 『문파』 등단

미안한 마음으로

오경자

사람이 어떤 소신을 갖고 잘 실천하고 살다가도 부득이한 사정이 생겼다고 생각하면 그 소신쯤 헌신짝처럼 버리는 것은 아닌지 모르겠다. 평생을 여성운동과 소비자 운동으로 살아오다 보니 환경운동, 녹색 운동, 에너지 절약 운동 등은 몸에 배다시피 됐고 2000년대 들어서는 탄소중립 운동에 열을 올리기도 하고 캠페인에 적극적으로 앞장서 왔다. 나무 한 그루라도 더 베지 않아야 한다고 우유팩을 열심히 모아 들이는 캠페인도 하고 종이 한 조각도 분리해서 따로 모아 버리기에 일찍부터 열심을 내기도 했다.

그러던 사람이 올해 들어서는 에너지 절약, 탄소 중립, 아무것도 모르는 사람처럼 벌써 한 열흘째 에어컨을 노상 켜 놓은 채 살고 있다. 뜻하지 않은 사고로 다리 골절상을 입고 봉합 수술 후 퇴원해서 집에서 요양 중인데 도무지 더워서 견딜 수가 없어서이다. 지난해에는 에어컨을 단 하루만 틀고서도 잘만 견뎌왔는데 올해는 기운이 없어서인지 견딜 수가 없다. 환자의 본령에 맞게 치료에만 힘쓰자 더위와 싸우기까지 할 여력이 없다는 게 이런 변신의 이유이다. 인간이 이기적인 존재임은 알고 있었으나 이토록 철저하게 저밖에 모르고 몰염치할 줄은 미처 몰랐다. 평생을 해 온 운동들의 지론은 어디로 다 날아가고 없다. 오직 내가 몸이 나아야 하는데 쾌적해야 한다는 것이 모든 질책을 다 덮고 있다.

세브란스에서 봉합 수술을 받고 사흘 만에 작은 병원에 나가 2주일을 보냈다. 병실 창밖이 온통 숲이어서 얼마나 행복했는지 모른다. 정신은 말짱하고 움직일 수만 없으니 다리를 높이 매달다시피 올려놓고 누워 있어야 하니 책을 읽는 것 말고는 할 수 있는 것이 없다. 다행이 평생 책을 읽는 일은 몸에 밴

터라 얼마나 그 덕을 보았는지 모른다. 계속해서 책을 읽다가 창밖의 녹음을 쳐다보면서 눈을 쉬게 할 수 있는 게 얼마나 다행이었는지 모른다.

6월부터 지독한 더위가 몰려옴은 지구온난화가 가져온 일종의 재앙 수준이다. 그 근원을 알면서도 그 대책에 충실하기보다는 더 부채질하는 노릇을 나부터 앞장서서 하고 있으니 미안한 마음을 금할 길 없다. 모르고 하는 일은 죄가 아니지만 이렇게 알면서 하는 것은 죄악이다. 그런 줄 뻔히 알면서도 여전히 몰염치한 날들을 보내고 있다.

탄소중립은 이제 미룰 수 있는 선택의 문제가 아니라 살아남기 위한 마지막 선택이라 할 정도로 시급한 일이다. 그럼에도 불구하고 탈원전 정책으로 화력 발전 등에 대한 기대를 부풀려서 이도 저도 아니고 전기요금만 다락같이 올려놓는 결과를 낳고 말았으니 기가 막힐 노릇이 아닐 수 없다. 풍력도 태양광도 다 좋은 줄 알지만 우리나라의 자연 환경과 걸맞지 않은 것을 간과했음은 실수로 인정하고 정책의 수정을 시급히 해야 한다고 본다. 그동안 잘못된 것에 대한 질책과 회한은 뒤로 하고 우선 개선이 시급하다.

오늘은 날씨가 조금 숨통이 트이는 것 같아 안간힘을 쓰고 에어컨을 켜지 않고 버티고 있다. 이 인내심이 언제까지 갈지, 오늘은 승리할 수 있을지 그것은 나도 모른다. 알량한 시민의식보다 인내심의 한계가 더 문제이니까.

오경자 | 1990년 『수필문학』 등단

소리 없이 오는 변화

오설자

〈이 한 장의 디자인〉이란 사진이 기억난다.
핀란드의 신문사 헬싱긴사노마트에서 발표
한 온난화 위기를 경고한 '기후변화 글꼴' 사진
이다. 가장 굵은 획은 관측이 시작된 1979년의
빙산 면적을, 가장 가는 획은 그 30% 정도에 불
과한 2050년 예상치를 나타낸다. 획이 가늘어
질수록 녹아내리는 북극 빙산의 변화를 획의
디자인으로 형상화해 온난화를 경고하기 위해
만든 디자인이다.

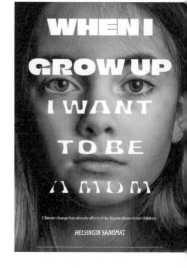

이마에 새겨진 견고한 글씨는 얼음이 녹는
듯 가늘어지다가 마지막 입술 아래 새긴 A MOM은 녹아내려 겨우 지탱하고
있다. 제대로 알아볼 수 없을 정도로 녹아내린 글씨를 보자 가슴이 철렁했다.

무거운 표정을 한, 어쩌면 슬픔에 빠진, 조금은 분노심이 어리기도 한 어린
여자아이는 심각하게 항변하며 우리를 질책하는 눈빛이다.

"그러니 당신들은 무엇을 한 거죠? 왜 지구가 이 지경이 되도록 내버려 두
신 거죠?"

코로나 바이러스로 전 세계 항공기가 발이 묶이는 바람에 탄소 배출량이
일시적으로 줄었다. 하늘이 얼마나 맑은지 금방 빨아버린 구름이 걸렸고 늘
먼지에 가려 있던 먼 곳의 풍경도 가까웠다. 마스크 안에 갇히고 어디로 떠날
수 없어 갑갑한 날들이지만 날마다 한강으로 나가 신선한 공기 속을 걸으며

얼마나 다행으로 생각했는지 모른다.

하지만 그것은 다만 일시적인 현상이고 기후변화 징후가 우리 앞에 성큼 다가와 이미 그 위력을 떨치고 있다. 단 이틀 쏟아부은 비로 서울은 아수라장이 되었다. 반면 남쪽 지방은 폭염주의보로 몸살을 앓고 있다. 우리뿐만 아니라 온 지구가 이상기온으로 난리를 겪고 있다. 파키스탄에선 3개월째 쏟아지는 폭우로 성서에나 나올 법한 홍수라고 BBC가 보도하기도 했다. 중국에선 5백 년 만에 호수가 바닥이 드러나 쩍쩍 갈라지는 가뭄이 계속되고 있다. 한쪽에서는 물난리가 나고 다른 한쪽은 가뭄으로 타들어 가고 최악의 산불을 겪기도 한다. 달아오른 지구는 식을 줄 모른다.

세계에서 유일하게 한라산에 군락지를 이루고 있는 구상나무가 죽어가고 있다. 소나무 재선충으로 수백만 그루의 소나무를 잘라내야 했다. 한라산에는 베트남이나 라오스 같은 더운 지방에서 자라는 풀고사리가 1,650미터에 자라고 있다고 한다. 이 모든 것이 지구온난화 때문이다.

지구온난화로 북극이 녹아내리고 북극곰이 살 곳을 잃어버린다 해도 그저 먼 이야기로 알고 있었다. 온실 기체인 이산화탄소는 지구가 내뿜는 열을 가둬 기온을 높인다. 지구의 온도가 높아지면 상상할 수 없는 재앙을 초래한다. 수천 년 덮였던 빙하가 녹아내리면 전 세계 해수면이 상승한다. 저렇게 녹아내리면 2050년에는 해수면이 1미터 이상 높아진다는 시나리오도 있다. 게다가 오랜 세월 빙하에 가두어졌던 바이러스가 지구를 오염시킬 가능성도 있다.

천혜의 자연을 자랑하는 제주도나 신혼 여행지로 알려진 몰디브도 해수면이 상승했다고 한다. 내 고향 제주도가 잠겨 그 아름다운 해안선이 물속에 잠기고 고향집도 물속 땅이 되는 상상을 하니 끔찍해진다. 한라산이나 무인도로 남아 있을 것인가.

소리 없이 오는 변화. 이미 재앙은 시작되었다. 하지만 사람들은 복잡하고 장기적인 문제는 심각하게 받아들이지 않는다. 눈앞에 당장 보여 주지 않기에 먼 미래에 다가올 위기나 천천히 오는 위험에는 경각심이 적다.

함부로 버리는 것들이 지구의 온도를 올린다. 비닐 사용도 줄이고 고기 요리도 조금씩 줄여 나가기로 했다. 될 수 있으면 걸어 다니고 종이컵이나 일회용 물건을 가능한 줄이고 휴지 대신 손수건을 쓰려고 한다. 작은 실천이지만 탄소 발자국을 줄이는 데 힘을 보태려 한다. 모두가 조금씩만 노력하면 재앙을 줄이고 지구 환경이 훨씬 좋아질 것이다.

기후변화 글꼴이 더 가늘어지지 않게, 지구온난화가 진행되지 않도록 탄소 발자국을 줄이는 데 우리 모두 힘을 모을 때다.

오설자 | 2016년 『에세이문학』 등단

바르트부르크 성城에서

유혜자

독일 사람들에게 숲은 마음의 고향이자 삶의 터전이라고 한다. 아이제나흐에 있는 바르트부르크 성城은 바그너(Wilhelm Richard Wagner, 1813-1883)의 오페라 〈탄호이저〉의 무대로 알려진 곳이다. 산꼭대기에 있는 고성古城 바르트부르크 성은 주변 숲의 환경과 완벽한 조화를 이루고 있다. 시내를 지나 산길을 올라가니 성 입구가 나오고 주차장에서 내려 더 올라가야 했으나 길 옆의 숲이 싱그러워서 좋았다. 초록 잎새들로 뭉게구름 같은 수관을 이룬 나무들이 바람에 일렁일 때 새들의 노랫소리와 잎새들이 내는 소리가 화음을 이루고 있었다.

바르트부르크 성은 1999년 유네스코 지정 세계문화유산으로 등재된 로마네스크 양식의 고풍스러운 건물이었다. 성 안에는 기사의 방, 모자이크가 찬란한 엘리자베스의 방, 예배당, 가창대회歌唱大會 그림이 걸려 있는 가수들의 방 등이 있다. 나는 바그너가 1842년에 성을 구경하면서 〈탄호이저〉를 착상했다는 음유시인吟遊詩人 가창대회 그림이 걸린 '가수들의 방'과 루터가 은거하며 성경을 번역했다는 방을 찾았다. 바그너는 바르트부르크 성을 무대로 음유시인인 탄호이저와 영주의 조카딸 엘리자베스와의 비련을 다룬 대본을 중세의 전설을 참고로 하여 썼고, 작곡도 하여 아름다운 가극을 완성했다.

가수들의 방에 들렀을 때, 전설적인 내용인 1206년의 가창대회 그림 앞에 많은 이들이 그림을 보려고 의자에 앉아 있었다. 〈탄호이저〉 3막에 나오는 아리아 〈엘리자베스의 기도〉가 은은하게 흐르고 있었기에 나는 〈탄호이저〉의 줄거리를 그려보았었다.

엘리자베스와 순수한 사랑을 하던 탄호이저는 관능의 사랑을 찾아 지하궁

전 베누스부르크로 가서 요염한 베누스에게 사로잡힌다. 그러나 환락에 싫증 나서 엘리자베스가 기다리는 바르트부르크로 돌아와 가창 대회에 참가한다. 다른 이들은 정신적인 고상한 사랑의 찬가를 불렀는데 탄호이저는 비너스의 육감적인 사랑을 노래하자 분노한 기사騎士들이 그를 죽이려고 한다. 엘리자베스의 배려로 위기를 벗어난 탄호이저는 순례의 길을 떠나고, 엘리자베스는 남쪽 하늘을 바라보며 탄호이저의 죄에 대해 용서를 구하는 기도를 한다. 〈엘리자베스의 기도〉의 끝부분 "당신에게 알맞는 겸손한 하녀로서/ ⋯ / 당신의 자애로운 은총으로서/ 그를 위해 살도록 허락하소서"가 끝나자 루터의 방으로 향했다.

바그너보다 320년 전 마틴 루터가 지냈던 나무판자 벽의 방에는 초록색 도자기 난로, 옷장, 그리고 루터의 초상화 등이 있었다. 교황으로부터 위협을 받는 루터에게 프리드리히 성주가 은신처로 제공했었다. 그곳에서 일반인에게 어려운 그리스어와 라틴어로 된 성경을 루터가 아름답고 쉽게 읽을 수 있는 독일어로 번역하여 종교개혁의 초석을 놓게 했다. 루터는 당시 전통과 관습으로 일관된 중세교회를 향해 '하나님 말씀으로 돌아가자'는 신앙운동을 일으켰고 인간의 구원이 면죄부를 사서 이뤄지는 것이 아니고 의인은 오직 믿음으로 구원을 받는다고 주장했었다.

바르트부르크 숲은 올바른 사랑으로의 치유와 병든 교회의 악폐를 치유해 준 곳이다. 오페라 속의 탄호이저는 결국 사랑의 힘으로 구원을 받게 된다. 그리고 루터가 속세에 물든 로마교회에 과감하게 대항하여 자기 사상을 관철시키려고 성경을 쉽게 읽게 하려고 번역한 곳이다.

높은 산꼭대기 하늘 가까운 숲이 있었기에 세속적인 바그너도 신성한 영혼의 투쟁을 그릴 수 있었던가 하며 창문으로 내다본 숲은 더욱 신비해 보였다. 숲에서는 신선한 생명력에 도취되고 대상에 열중하는 정열도 생길 것 같다. 나를 벗어나 우주전체와 맥이 통해져 있어서 다른 나와 생명이 연결될 수도 있으리라.

산꼭대기에 있는 바르트부르크 성은 바그너뿐만 아니라 많은 예술가들에게 영감을 불어넣어 주었다고 한다. 예술적인 영감은 얻을 수 없는 평범한 시민으로서 혼탁해진 마음을 비우는 연습을 해야겠다는 마음으로 바르트부르크 성에서 떠나왔다.

유혜자 | 1972년 『수필문학』 등단

천 개의 눈 속에서

香里 윤영남

자작나무 숲에 서면 사방이 훤하다. 어두운 마음도 저절로 환해진다. 어두운 밤에 별빛이 길을 잃은 사람에게 빛을 밝혀주듯. 자작나무 숲은 밝다. 연녹색의 꽃은 봄에 피지만 높게 피니 잘 보이지 않는다. 큰 눈들이 서로 껌벅이는 듯하다. 검은 가지가 수천 개의 눈이 되어 '당신을 기다립니다'라는 꽃말처럼.

가끔은 나도 상상 속으로 그대가 되어 하얀 도화지에 작은 꿈을 하나씩 그려 넣고 싶다. 자작나무 숲에서 느꼈던 서로에 대한 관심의 눈길로. 각자의 자리에 서 있어도, 저마다 올려본 하늘은 하나이니까. 그렇듯 도시인들의 눈길은 차가운 듯해도 사람들의 마음은 여전히 따스하지 않는가.

방금 뉴스를 들었다. 운전을 하면서 듣는 라디오는 즐기면서 듣지만, 이 뉴스는 다르게 들렸다. 전국에 폐지 줍는 노인들에 대한 이야기였다. 도돌이표 가난이란 놀라운 기사의 내용이지만, 그렇게 많은 노인이 노후의 가난에 내몰렸다니. 놀랐다. 하지만, 새삼스럽지는 않았다. 주변에서도 그보다 더 안타까운 사연을 많이 보았으니까.

엘리베이터를 타면 자주 만나는 이웃이 있는데, 고향의 할머니 같은 분이다. 머리를 예쁘게 묶은 두 손녀와 손을 잡고 웃는 모습이 언제나 따스했다.

요즘은 가끔씩 뵈었다. 어제는 그분이 갑자기 눈시울을 글썽이지 않는가. 왜일까. 의아했다. 무슨 일이 있는지를 물으며 잠시 경비실 앞 의자에 같이 앉았다. 혹시나 며느리나 아들에게 서운한 말이라도 들었다면 하소연을 들어주며 풀어드리려는 참으로 잠시의 여유 시간을 가졌는데….

문득 이야기를 듣고 보니, 쓸모없는 용도 폐기 의식의 서운한 마음이란다. 해서 그녀는 울컥한 것을 알았다. 같은 고향이라서 갑자기 인사라도 하고 떠나고 싶다고, 이제는 시골로 다시 간다는 것이다. 아들은 건설회사 임원이고 며느리는 국제 변호사였는데, 두 손녀를 키워주기 위해 시골의 집을 몇 년씩이나 비워두고 서울에 오셨단다. 그 집을 팔려고 해도 안 팔려서 무너지더라도 서울로 얼른 올라와서 손녀들을 돌봐달라는 아들의 부탁을 거절 못 한 탓이란다.

그런데, 이제는 큰 애가 초등학교에 입학했고 작은 애는 유치원에 보내면 되니까. 애들이 각자의 방을 쓰고 싶다며, 할머니랑 같이 자고 싶지 않단다. 그러니까 할머니는 다시 시골로 내려가야 한다는 가족들의 최종 결정이다. 그녀는 필요에 의해서 시골의 친구들과 떨어져 어색한 도시 생활에 오로지 손녀들만 쳐다보며 감옥처럼 외로운 세월을 보냈는데, 이제 필요치 않으니 다시 돌아가란 말인가.

우린 먼 곳의 하늘을 같이 올려다보았다. 차라리 어린 손녀들에게 둘이서 한방을 쓰도록 하고, 할머니는 혼자 주무시는 방법은 어떠냐고 물었다. 그녀는 애들은 핑계고 아들과 며느리의 눈치가 자꾸 떠나기를 바란다는 말이 나를 더 서글프게 했다. 할 말이 없었다. 그럼 시골집엔 돌아가면 불편하지 않겠냐고 했더니, 사랑채는 거의 무너졌지만, 안채는 혼자 거주할 수는 있으리라 생각한단다. 수리도 안 되었다니, 이런 난처함을 어쩌랴.

그날 이후, 할머니는 볼 수 없었다. 어린 녀석들이 학교에서 돌아오면 물어보고 싶었지만. 그 집에 식구들이 나와 마주칠 기회가 없었다. 서로의 사생활이라 모른 척 지나려고 했지만 궁금증은 더했다. 그 할머니는 어떻게 됐을까. 시골집에 내려가기 전에 아들에게 집 수리라도 해달라고 내가 넌지시 가르쳐주었다. 또 두고 온 살림살이도 거의 못 쓸 테니까, 며느리도 같이 내려가서 보면 좀 새것으로 사줄 것이니, 혼자서 내려가지 말도록 당부를 했던 탓도 있었기 때문이다. 내 고향이 문경이고, 그 할머니의 고향은 바로 가까운 용궁이라서 호칭은 용궁 할머니였다. 우린 자주 볼 때마다 작은 일들도 서로 안부인 듯 얘기했던 사이가 아닌가.

며칠 전, 다녀온 강원도 인재의 자작나무 숲을 다시 떠올려 보았다. 여류 시인들은 시를 낭송했고 수필과 동화도 낭독했다. 동심은 시심의 발로였는지. 연령의 고하간에 모두가 소녀로 변한 듯했다. 우리 여성문학회에서 걸어 놓은 '자작나무 숲 중심에 서다'란 현수막도 신바람이라도 난 것처럼 펄럭였다. 자작나무가 늘씬한 남자들로 화사한 분까지 바르고 우러러 우리를 맞이했다는 착각으로….

갑자기 달리는 차 안에서 라디오를 껐다. 누구도 예외는 없으리라. 노후의 불안과 대책에 무방비함을. 효도조차도 셀프라는 시대에서 우리는 무엇을 의지할 것인가. 문학인으로 작가정신을 지향하며 고상하게 살아온 듯 여류 문인들의 하나같이 표정도 밝았다. 자작나무 숲에서 만난 여인들은 참으로 사랑을 머금은 듯 촉촉한 눈빛이다. 하지만, 왠지 나는 자꾸 용궁 할머니 생각이 났다. 그녀는 고향에 가서서 홀로 잘 지내는지. 옆에서 나뭇잎이 살랑거리며 안부를 전해준다. 동네 노인들과 느티나무 밑에서 서울 손녀들을 그리워할지도 모른다고.

언젠가는 유통기간이 끝날 용품이나 용도 폐기될 삶이 아닌가. 늙음은 나 혼자가 아니다. 폐휴지를 수거하는 노인들도, 자녀들과 떨어져 외롭게 사는 독거노인들도 사회 공동체의 한 부분이다. 입장을 바꿔서 생각해 볼 일이며, 더 늦기 전에 많은 관심을 가져야 할 때다. 모두가 유한한 인생길에서 서로에 대한 세심한 배려와 관심들이 점점 아쉽고 두려워지는 연유는 무엇일까.

그때, 숲에서 만난 나무들은 적당한 거리를 사이좋게 지키고 서 있었다. 건강하게 밝은 표정의 자작나무들에게 속마음을 들킨 양 얼굴이 붉어졌다. 때론 너무도 무관심한 노인 문제를 나조차도 남의 일처럼 외면하지 않았던가.

천 개의 눈 속에서 자신을 먼저 회개하며, 또 세상을 고자질하고 싶어졌다. 아직도 그 수많은 눈동자는 사랑의 눈을 뜨고 섰다. 그들은 곧 관심이다. 또한 우리 사회를 다시 밝혀내야 할 기둥들이니까.

윤영남 | 1992년 『월간문학』 등단

J에게

이명지

가을이 오려나 봅니다. 며칠 사이 아침 기운이 서늘하더니 마당 단풍나무 끝이 붉어지고 있네요. 우리 집 단풍나무는 색이 곱기로 이 마을에서 제일이라네요. 그 말에 홀딱 반해 이 집을 마련하고 이사 와 벌써 세 번째 가을을 맞는데, 저 단풍은 여전히 날 설레게 합니다.

나무는 바람에 나뭇잎을 흔들어 물을 끌어 올린다고 합니다. 생명의 본능이지요. 우리 생이 흔들릴 때도 나뭇잎이 흔들리는 것과 같이 생명수를 끌어 올리는 중일까 생각해 봅니다. 흔들리지 않고는 단단해질 수 없으니까요.

당신이 떠나던 날은 봄빛이 찬란하고 바람이 불던 날이었지요. 우리에게 이별은 완료, 폐기된 것인 줄 알았었는데 문득 소환된 인연의 잔재가 혹독한 봄날을 야기했지요. 우리에게 생과 사의 이별이 아직 남아있었다는 걸 그때까진 몰랐으니까요.

이승에서 헤어진 건 이별이 아니더이다. 서류에 마감 도장을 찍었다고 해서, 더는 보지 않는다고 해서, 연락이 오가지 않는다고 해서, 이별한 게 아니더이다. 불현듯 날아든 마지막 통기. 이제 진짜 이별임을 직감케 하는 최후 통기…. 지금 가을 문턱에서 왜 문득 그날의 기분이 생생해질까요? 가을에 서 있는 나도 이제 인생의 가을을 맞고 있어서일까요?

간혹 부는 바람이 단풍나무 가지에 걸어둔 풍경을 흔듭니다. 파이프 오르간 소리를 내는 저 풍경은 시시한 바람엔 소리를 내지 않습니다. 나는 저 과묵한 풍경을 좋아합니다. 비록 제 임무가 소리를 내는 것이라 해도 쉬 흔들리지 않는 중후함이 나는 좋습니다. 어쩌면 팔랑개비같이 쉬 흔들리는 내 마음 같지 않아서인가 봅니다. 바람을 견디고 있는 것 같아 대견한가 봅니다.

당신이 일으키던 태풍으로 내 인생이 통째로 휘청이던 기억 때문에 나는 바람을 좋아하지 않았습니다. 바람의 실체란 흔들리는 나뭇가지에서 확인하는 것인데 삶에서도 그 위력은 왜 그리 힘겹던지요. 어찌 그리 밉던지요.

이제는 압니다. 바람이 생명의 양분을 끌어올린다는 사실을요. 그래서 가지가 더 튼튼해지고 뿌리도 단단해진다는 것을요. 당신이 일으킨 바람이 비록 고통스러웠으나 내 인생이 단단해졌다는 걸 인정하지 않을 수 없네요. 가을은 상처조차도 물들이네요. 단풍색을 입혀 곱게 포장하는 걸 보니 저도 잘 견뎌냈나 봅니다. 잘 익고 있나 봅니다.

이제는 좀 더 단순해져 보려 해요. 단순하게 살아보려고요. 내가 원하는 것에 집중하고 마음에 귀 기울이며 살려고요. 내가 살아온 세월이 나의 결을 만들었다면 그 속에 몇 줄은 당신이 만든 무늬이겠지요. 비록 색이 바래고 무디어졌지만 더러 추억으로 소환되는 게 있는 걸 보니 아, 진짜 가을인가 봅니다. 원수 같던 당신도 간혹 그리워지는 걸 보니 가을이 왔나 봅니다.

이명지 | 1993년 『창작수필』 등단

도깨비

이자야

오늘날 도깨비는 아이들 동화 속에서나 등장한다. 도깨비의 실체를 믿는 아이들도 없다.

내가 어릴 때만 해도 도깨비는 살아 있었다. 도깨비는 주로 후미진 마을 어귀나 상엿집, 공동묘지 같은 데에 살고 있었다. 비가 추적추적 내리는 밤이면 여지없이 도깨비가 나타나 길손의 혼을 빼앗았다. 도깨비가 가장 흔하게 나타나는 날은 오일장이 서는 밤이었다.

술에 취한 동네 어르신이 만취 상태로 갈치 두어 마리를 새끼줄에 꿰차고 당고개를 넘어오면 다리가 하나뿐인 도깨비가 나와서 시비를 걸었다.

"나하고 씨름 한 판 붙자."

취한 어르신은 도깨비와 밤새 씨름을 한다. 푸른 달빛 아래서 죽을힘을 다해 도깨비와 힘겨루기를 하던 어르신은 날이 희뿌연해서야 도깨비한테서 풀려난다. 날이 새면 흙투성이로 밤새 씨름판을 벌인 동네 어르신이 돌아와 도깨비와 겨룬 무용담을 늘어 놓았다.

이처럼 도깨비에 얽힌 얘기는 우리 민족의 혼처럼 도처에 깔려 있었다. 그런데 그 도깨비가 언제부터인가 슬그머니 꼬리를 감추었다. 참 이상한 일이다.

따지고 보면 이상할 것도 없다. 설령 비 오는 밤, 도깨비가 나오더라도 설 자리가 없다. 구석구석 가로등에다 길마다 화등잔 같은 불을 밝힌 자동차들이 밤길을 오간다. 눈부신 밤길 속에 감히 도깨비는 나설 생각을 못 하니까.

그런데도 세상은 온통 도깨비판이다. 소위 인간 도깨비들이 갖은 해코지들을 다 하고 있다. 선량한 백성들의 등짝을 후려치는 인간 도깨비들이 수도 없이 나타난다. 인터넷은 물론 TV 뉴스, 신문 등을 보면 연일 그런 도깨비들 얘기로 도배를 하고 있다.

그놈의 도깨비는 하필이면 없는 자들에게 다가가 피 같은 재물을 빼앗아간다. 옛날 도깨비는 씨름을 해서 사람의 진을 빼놓았는데, 요새 도깨비들은 느닷없이 사람의 뒷덜미를 내리친다. 이놈의 도깨비는 취객만 노리는 것이 아니다. 대낮에 멀쩡한 시골 노인들을 호려서 가짜 약을 팔고 염치도 없이 쌈짓돈을 빼간다. 남들은 죽자 살자 일하는 판에 그냥 제자리에 앉아서도 일확천금을 노리는 이상한 도깨비들도 있다. 가끔은 무슨 횡재라도 안겨 줄 듯 느닷없이 전화를 걸어와 부동산을 소개하고, 우체국 소포를 찾아가라는 뻔뻔스러운 도깨비들도 있다.

잠시라도 눈을 돌리면 도깨비한테 홀리기 십상이다. 참 무섭다. 인간 도깨비들이 설치는 이 세상에선 부부간에도 서로를 믿지 못하고 도깨비가 된다. 아비와 자식 간에도 간을 빼먹는 도깨비판이 벌어진다.

옛날 도깨비들은 비 오는 밤 장터 주막집 너머에서만 나타났지만, 요새 도깨비들은 요상한 탈을 쓰고 시도 때도 없이 산지사방에 나돈다. 듣자 하니 코로나19로 인하여 금융 사기 도깨비들이 기승을 부리고 있다는 보도가 여기저기서 들려온다. 경제도 어려운데 어려운 사람 등골을 빼먹으려는 못된 도깨비들을 처단할 묘책은 없을까.

감히 고한다. 우리 모두 바짝 정신을 차리자. 무시무시한 도깨비 세상에 도깨비한테 홀리지 않도록 조심에 조심을 다할지어다.

이자야 | 2000년 『수필문학』 등단

꿈길 따라서

이재연

　작년 가을 나는 무릎을 수술하고 재활병원에 있었다. 매일 재활을 받고나면 8층 옥상으로 올라갔다. 그곳엔 바람과 구름과 나뭇잎에 반짝거리는 햇살이 있었다. 사방 둘레는 고층 아파트였다. 그곳에서 자연이란 하늘뿐이었다. 나는 하늘을 보며 꿈을 일으켜 세워나갔다.

　떠나라! 떠나라!

　하늘의 하얀 구름 떼들은 병실에 갇혀 있는 창백한 여자에게 속삭여주는 듯했다. 신선한 바깥바람을 마시고 침침한 병실로 들어서면 두 개의 침대 사이에 놓여있는 검은색 캐리어가 눈에 들어온다. 한쪽 침대는 환자가 없어 늘 비어있다. 캐리어는 자신을 끌고 다니며 세상 구경도 하고 사람도 만나며 신나게 살아가라고 속삭여주는 듯하다. 어딘가로 떠나야지. 그 사닥다리의 꿈이 병상 생활을 견디게 했다.

　그러던 어느 날 옆 동네에 살고 있는 지인이 집 뜰 담벼락의 붉은 장미 한 송이와 익어가는 감나무에서 떨어진 감 하나를 찍어 카톡으로 보내왔다. 나는 오래된 자그마한 뜰의 꽃나무들이 그리웠다. 주인이 다가오는 발소리를 기다리고 있을 것 같은 외롭고 스산하게 말라가는 가을의 꽃나무들⋯. 먼 땅의 따스한 공기와 사람들, 전염병 시절의 음험한 공기를 무너뜨릴 수 있는 바다와 산이 그리웠다.

　퇴원하고 몇 개월이 지나자, 나는 꿈의 증거물 같은 캐리어를 끌고 해남에 갔다. 어딘가로 떠나고 싶은 꿈을 부추겨준 병실의 그 검은 캐리어. 희망이 현실이 되어 따뜻한 곳으로 꿈길 따라 떠난 것이다. 오랜 세월 동안 나는 얼굴을 모르는 남편 지인들이 보내온 그곳 특산품을 받곤 했다. 특히 고추를 갈아서

젓갈을 넣고 담은 맵고 알싸한 김장김치 때문에 한겨울의 식탁은 풍성했다.
세월이 흐르면서 선물을 한 지인들의 손길이, 마음이 따뜻하게 느껴지고, 그
땅도 바다 바람 불어대는 나의 고향 목포처럼 그립고 아련하게 느껴졌다.

젊은 날 30대 초엔 해남읍에서 2년 살았다. 그 뒤 스위스로 가서 4년 살 때,
해남 땅을 참 그리워했다. 귀국해서는 몇 번 가고는 무엇 때문인지 발길이 끊
어졌다.

해남에 살 때, 나는 그곳 산야의 아름다운 풍경과 바다 냄새 스며있는 바람
을 좋아했다. 바람이 세게 불면 숲의 나무들은 온몸을 흔들며 한恨 많은 여인
처럼 비밀스러운 노래를 부르고 있는 듯했다. 해남 가까이에 있는 우슬재 꼭
대기에 오르면 가슴이 두근거리고, 고개를 넘으면 마을의 불빛이 조금씩 보이
다가 드디어 도착했을 땐 그 따스한 불빛이 사라지고 없었다. 누군가를 매혹
하는 대상은 신기루처럼 신비하게 그때그때 어느 한 모습만 보여주지 않은가.

이제 병상에서 인생의 한 단계를 새롭게 깨닫고 밟은 땅이 해남인 것이다.
추억과 기억 속에서 삶의 이야기들이 생명처럼 뻗어있는 그런 나침판 같은
곳을 캐리어를 끌고 찾아온 것이다.

나를 안내한 40대 피아니스트 K는 긴 세월 류머티즘 관절염으로 투병하고
있었다. 육체의 어느 한곳이 고통 속에 있으면 삶을 더욱 열망하게 된다. 우리
는 그 열망하는 서로의 눈빛을 읽고 오래된 친구처럼 느껴졌다. 그녀는 해남
이 좋아 계속 살고 있다고 했다. 해남 물감자라는 말도 있듯이, 그곳의 부드러
운 여인 같은 산야가 좋아 큰 도시로 가지 않고 읍내에서 산다고.

K는 먼저 해남의 허파라고 하는 금강골 저수지로 안내했다. 초등학교 때는
호수 다리 건너로 소풍을 갔고, 사월이면 벚꽃이 피어 호수에 꽃 그림자가 비
쳐 그림 같았다고. 또 자살도 많이 해 물에 빠져 죽은 사람 건지는 장면을 호
숫가에 앉아 구경했다고.

다음날 K는 대흥사 가는 산삼면에서 옥천면으로 이어지는 산세가 유연한
길로 안내했다. 길 옆으로 나지막한 산들이 가까이 다가와 있고, 에스 자형의

길이 굽이굽이 뻗어있다. 산 너머에는 또 다른 작은 산이 얼굴을 내밀고 있다. 그녀는 마음이 답답할 때는 습관처럼 이 길을 드라이브한다고 했다.

해남은 크고 작은 포근한 산들로 둘러싸여 정겨운 곳이다. 산들은 길게 뻗은 길 옆으로 바싹 다가와 사람들을 향해 손짓하고 있다. 긴 세월 외세 침략으로 이 땅의 슬픔을 목격한 침묵의 산은 따스한 사람의 품처럼 느껴진다. 산 너머 산에는 자신마다의 운명을 껴안고 이야기를 만들며 살아가는 사람들이 있다.

병실에서 어딘가로 떠나고 싶었던 나의 꿈이 제2의 고향 같은 해남 땅에서 비로소 날개를 달고 날아가는 듯하다.

이재연 | 1970년 『현대문학』 등단

푸른 하늘

이홍수

지난 8월 초 수도권에 물 폭탄이 터졌다. 115년 만의 기록적인 폭우로 아파트 지하 주차장이 물에 잠겨 사람들이 목숨을 잃었다. 강남대로는 침수된 차들로 길이 가로막히고 길거리에 사람들은 물 위를 둥둥 떠다니고 있었다. 세계적인 메가시티에 1,600명의 이재민이 속출했다. 멍하니 TV를 바라보는 마음은 먼 나라 일들이라 생각했던 문제가 서울에서 벌어지는 모습에 망연자실했다. 충격에서 서서히 벗어나 9월에 접어들자 갑자기 서늘한 바람과 함께 푸른 가을 하늘이 위로하듯 눈부시게 드러났다.

2019년 중국에서 최초로 코로나19가 보고된 이래 지금까지 세계는 소리 없는 전쟁을 치르고 있다. 2022년 8월 중순까지 누적 확진자가 전 세계 인구의 7.7%인 6억 명이 감염되고 사망자가 600만 명이 훌쩍 넘었다. 21세기 이후 전 지구촌을 집어삼킨 최악의 전염병 중의 하나로 기록될 것으로 보인다. 코로나19로 일상이 무너진 지가 3년 가까이 되자 사람들은 마음의 갈피를 못 잡고 헤매는데 세계 곳곳에서 수시로 기상 이변까지 속출하여 더욱 힘겹게 살아가고 있다. 사람들의 편리한 생활을 위한 각종 산업의 끊임없는 발달이 이산화탄소 발생량을 증가시키고 지구의 온난화는 가속되고 있다. 세계 곳곳에서 위기의 신호를 보내고 최고의 기후 학자들이 여러 차례 온실가스에 대한 심각성을 경고했다. 우리는 당장 눈앞에 닥치지 않으면 내 일이 아니라는 안일한 생각을 하다 오늘날 실체적인 위협으로 혹독한 대가를 치르고 있다.

지구는 이미 인류가 남긴 회복하기 힘든 깊은 상처로 곳곳에서 극심한 몸살을 앓고 있다. 이제 적극적인 공동 대응으로 지구를 치유할 '탄소중립'의 달성을 위해 기업에서는 에너지 배출을 최소화하고 식물이나 나무를 심어 숲을 가꾸어 탄소 흡수 기능을 증진하는 여러 가지 자구책을 마련하고 실천해야 한다. 가정에서는 장바구니로 시장 보기, 다회용 용기 사용하기, 분리수거를 철저히 하기 등 지금까지 아무 생각 없이 흥청망청 탄소를 배출하던 생활에 대한 경각심을 높이고 개선해야 한다. 며칠 전 폭염, 폭우, 한파의 지구… 이제 '푸른 하늘' 못 볼지도 모른다는 기사를 읽고 온몸에 섬뜩한 전율이 일어났다. 『기후위기, 지구의 마지막 경고』를 쓴 저자는 이산화탄소를 막기 위해 기후변화를 수정하는 첨단 과학 기술을 사용할 때 살포된 입자들이 빛을 반사하여 푸른 하늘이 아닌 흰색 하늘을 보고 살 수도 있다고 경고했다. 삶이 힘들고 지칠 때 고개를 들어 푸른 하늘을 바라볼 수 없다면 과연 우리는 살아갈 수 있을까?

오늘 아침은 모처럼 맑은 하늘에 하얀 뭉게구름이 두둥실 떠다닌다. 태풍 14호 난마돌의 영향으로 9월 중순에 때아닌 폭염주의보가 내리고 한여름을 방불케 하는 더위가 기승을 부렸다. 종잡을 수 없는 기후변화와 우려했던 태풍 14호 난마돌은 다행히 큰 피해 없이 우리나라를 벗어난 모양이다. 전염병과 가뭄, 폭우에 시달리면서도 시간은 흘러 태풍이 지나간 쾌청한 가을 날씨에 벌써 나뭇잎은 하나둘씩 노랗게 물들어 가고 있다. 신음하는 지구를 되살리고 푸른 하늘을 오래 볼 수 있도록 인류는 끊임없이 자연을 가꾸고 배려하는 겸손한 삶을 살아가도록 굳게 다짐했으면 좋겠다.

이흥수 | 2014년 계간 『문파』 등단

나무, 숲 그리고 산

정화신

나무는 내 오랜 친구다. 혼자 잘 노는 아이라는 말을 듣던 5살 때부터 나무는 특별한 친구였다. 수업 종이 울리면 달려가 놀던 초등학교 빈 운동장, 그네 옆에 백양나무가 있었다. 나무에 기대면 혼자여도 든든하고 푸근했다. 그네에 올라 구름 동작 열댓 번이면 나무 키만큼 높아졌는데, 그럴 때면 햇빛과 바람이 켜는 음악으로 반짝이는 잎들이 또 반겼다. 나는 그런 나무가 좋았다. 그 뒤를 이어 학교 뒤편 비탈 위에 줄지어 있는 벚나무들이 따라왔다. 분홍 꽃구름이 꽃눈 되어 내릴 때면 두 팔 벌려 환호하며 뛰어다녔다. 이렇게 홀로이거나 여럿인 나무들을 시작으로 온갖 생명을 품고 키우는 숲을 만나고, 늘 거기 그 자리에 있어 반갑게 맞아주는 산을 만났다.

점점 가까이 오던 산이 지금은 집만 나서면 있다. 고갯길이 산을 끊어 놓아 가까운 약수터와 먼 약수터 오르는 길로 나뉘지만, 다 광교산 자락이다. 행복하다. 나무는 존재 자체로 스승이다. 무엇보다 조화롭다. 뿌리는 땅속으로, 가지와 잎은 하늘로 향하면서도 어떻게 충돌하지 않고 아름다운 생명을 길어 올리고 내려보내는지, 늘 놀랍다. 성실함 역시 나무를 따라갈 자가 없다. 우듬지 마지막 잎새에 이르도록 소홀함이 없다. 그래서 나무가 주는 위안이나 행복은 융숭하다.

나는 꽤 오랫동안 사람을 나무 같은 사람과 아닌 사람, 나무를 좋아하는 사람과 아닌 사람으로 나누었다. 그래서 나무를 심는 사람, 산을 오르는 사람, 나무 이야기를 쓰거나 그리는 사람을 보면 좋다. 여행지에서도 산이나 숲, 공원이나 정원을 찾아가는 사람이 좋다. "나무가 세상에 존재한다는 것에 대한 거대한 감사의 징표"로 35년 동안 나무를 사진에 담아온 마이클 캐나를 좋아하는 이유이기도 하다. 본질을 드러내는 데는 역시 흑백이라고, 그의 나무들은 작은 액자 속에 흑백으로 있어서 눈밭에 서 있는 것 같다. 어느 것은 홀로, 어느 것은 더불어, 어느 것은 홀로인 듯 함께 있다. 나무는 어머니 같고, 아이 같고, 성자 같다. 나무의 순명을 배우라는 것 같다.

나무가 주는 것 중에 쉼과 숨, 고요를 빼놓을 수 없다. 산허리길 중간에 비탈을 향해 있는 벤치가 있다. 거기 앉으면 먼저 눈을 감는다. 무엇을 따로 의식하는 일도 없다. 그 상태로 숲의 소리에 귀를 기울이노라면 분주하던 마음이 고요해지고 몸은 편안해진다. 그런 상태에서 천천히 숨을 의식하면서 쉰다. 그럴 때면 흙으로 사람을 빚으신 하나님이 코로 생령을 불어넣어 완성하셨다는 것이 그대로 이해가 된다. 숨을 쉬는 일로 시작해 숨이 지는 것으로 끝나는 생이고 보면 숨은 생명과 동의어이다. 내 숨이 다른 생명의 숨과 연결되면서 하나 되는 것을 느낀다. 감사하다. 이 놀라운 신비에 기뻐하다가도 우리 인간 문명의 숨이 다른 생명들에 어떤 영향을 미치는지에 생각이 이르면 부끄럽다. 아낌없이 주는 나무들 아래라서 더 그렇다.

도토리가 툭툭 떨어지는 요즘 산행의 큰 즐거움은 맨발로 걷는 일이다. 살아 있는 흙의 감촉이나 땅을 느끼며 걷기에 산길만큼 좋은 곳도 없다. 야자 매트를 깔아놓은 곳도 있지만, 대부분은 흙길이다. 떨어져 누운 나뭇잎들은 흙으로 돌아가는 긴 여정에 들어섰다. 나는 걷기 좋은 오르막길을 1km 남짓 걷는다. 부드럽고 말랑말랑한 길, 딱딱하고 울퉁불퉁한 길을 나무 이름 불러주며 걷는다. 소나무, 오리나무, 굴참나무, 졸참나무, 생강나무, 아까시나무, 밤나무, 산벚나무, 때죽나무…, 그렇게 걷다 보면 마음이 맑아진다.

나는 못난 발 콤플렉스가 있어 남 앞에 발을 드러내는 일을 꺼린다. 산은 그런 나를 무장해제시킨다. 맨발로 걷는 일은 직립보행의 주역인 발, 내 몸에서 가장 겸손한 발을 풀어주고 땅에 발맞춤 하게 하는 일이다. 내 몸에서 나무의 성정을 닮은 부분이 발이다. 발은 저 혼자 즐기지 않는다. 등산화 속으로 들어간 후에도 정수리부터 발끝까지 상쾌한 기운이 하산 길 내내 이어지도록 한다. 얼마 전에는 멋진 등산화를 선물 받았다. 내 좋은 친구이고 스승인 나무와 숲, 산을 오래오래 사랑하라는 것 같다.

정화신 | 1993년 『현대수필』 등단

미르숲 속의 월든 호수

조한숙

숲 해설사가 나와서 설명했다.

충북 진천군 초평호 둘레의 미르숲이 33만 평이 된다고 했다. 그 넓은 군유림을 10년 가까이 가꾸었더니 지금처럼 울창하고 아름다운 숲이 조성되었다고 한다.

오늘 아침 오전 8시부터 미르숲을 바라보면서 숲을 안고 있는 초평호 둘레길을 걸었다. 숲은 끝없이 펼쳐졌고 데크 길로 만들어진 둘레길도 편안했다.

진천군 청소년 수련원에서부터 '농다리'까지 가는데 '하늘다리'를 건너고부터 내내 호수를 끼고 있는 데크 길이 많았다. 그 둘레길이 초롱길이라고 했다. 아침나절의 초롱길 주변은 고요하고 아름다웠다.

초가을의 아침 햇살과 간간이 지저귀는 새 소리와 초롱길에 내려앉은 나뭇잎 그림자와 주위의 고요함이 어우러져 대자연의 오케스트라를 연주했다. 인기척이 전혀 없는 가운데 연주되는 고요한 오케스트라는 정말 웅장했다.

호수를 끼고 걸어가는 동안 산천초목은 내 시야를 점령했다. 가까이에서 멀리에서 호수와 숲이 어울리는 탁 트인 한 폭의 풍광은 나를 저 멀리 월든 호숫가로 데려갔다.

미국 매사추세츠주의 작은 마을 콩코드에 있는 월든 호수와 그 숲도 미르숲처럼 아름다웠다. 나는 불원천리 그곳을 찾아갔었다. 그 호수와 숲은 헨리데이비드 소로(1817~1862)가 쓴 『월든』으로 인해 유명해졌다.

소로는 월든 호숫가 숲속에 아주 작은 오두막을 짓고 '자연 관찰자'로서 구도적 삶을 살다가 나와서 『월든』을 썼다. 그 숲은 14에이커 (1만 7천여 평)에 불과했지만 전 세계 사람들이 그 숲을 찾아갔고 『무소유』의 저자로 유명한 법정 스님도 찾아갔었다. 세상 사람들은 소로가 숲속에서 2년 2개월 동안 가장 원시적이고 청정하고 극도로 절제된 그 삶의 방식이 궁금했던 것이리라. 어떻게 그렇게 자급자족하며 단순하고 검박한 원시적인 삶을 유지할 수 있었으며 다시 인간 세상으로 돌아와서 그곳의 삶을 기억하며 그런 유명한 세계인들에게 회자 되는『월든』을 쓸 수 있었던 것일까.

나는 책 속에 등장하는 나무들을 찾아보려고 살피면서 월든 호숫가를 걸었었다. 그러나 등장하는 소나무, 호두나무, 옻나무들은 숲속에 숨어서 어디에 있는지 찾을 수가 없었다.

우리나라 진천의 미르숲에는 어떤 나무들이 살고 있을까. 초롱길을 걸으면서 숲속의 나무들을 살펴보았다. 20여 종의 나무, 14만 그루를 심었다고 한다.

소나무, 벚나무, 미선나무, 산철쭉, 목수국 등, 33만 평에 그 많은 나무가 숨쉬고 있어서 아침 공기가 그렇게 향기로웠던 것일까. 월든 호수와 숲처럼 미르숲과 초평호도 더없이 아름다웠다. 우리의 숲과 호수를 전 세계에 띄워 줄 소로에 버금가는 작가가 나올 수도 있을 거라는 기대를 하며 둘레길을 걸었다.

미르숲을 공들여서 10년 가까이 가꾸어온 여러 단체와 따뜻한 손길들이 고마웠다. 세월이 지날수록 숲은 더욱 무성해질 것이다. 숲이 울창하고 아름다워질수록 널리 알려질 것이다. 초롱길을 지나서 농다리를 건너왔다. 농다리 근처에는 하얀 목수국꽃 여러 송이가 피어 있었다.

조한숙 | 1990년『에세이문학』등단

그들은 내 가족

최금녀

나는 방에서, 나무들은 마당에서, 한 집에서 산 햇수가 40년이다. 그들과의
40년은 그들이 내 얼굴빛만 보아도,
이 양반, 일이 잘 풀리지 않는구나.
팔랑거리던 잎사귀들이 축 처져 있으면 나 또한
얘들, 요즘 외롭구나.
아침에도 준 물을 저녁에 또 듬뿍 준다.
40년을 한 집에서 살았다는 것은 그런 뜻이다. 나를 행복하게 해준 분량을
따지자면 바깥양반보다 낫다고 할 수 있다.

바깥양반은 무슨 취미인지 그들에게 칭찬 한 번을 아낀다. 까닭을 모르지
만 따져볼 일도 아니어서 그냥 지냈다. 음식에서 드라마까지 맞는 게 한 가지
없어도 한 지붕 아래서 잘 살고 있는 것이 감사한 일이라는 걸 깨달은 것도
얼마나 다행인지.

뒤집어 생각하면 나와 똑같은 사람이라면, 그 또한 못 견딜 일이지 싶으니
이런 것이 천생연분이다.

그들이 철따라 노랗게 빨갛게 옷을 바꾸어 입어도 못 본 척 하는 남편을 대
신해 두 배로 다독여 준 마당의 나무들.

비가 내리지 않으면 그들은 금새 허리가 꼬부라지고 기운을 차리지 못한다.
함께 살면 닮는다더니 배가 고픈 것을 참지 못하는 나를 닮았다. 호스를 대주
고, 갈증이 풀려 저들끼리 히히거리는 것을 바라보는 행복은 나만 누리는 행
복이다.

장마가 문제다. 장마는 입을 벌리고 물을 퍼붓는 물고문이다. 미련하게 주는 대로 물을 받아 먹은 나무와 꽃들이 쓰러진다. 하늘은 정말 무서운 곳이라는 것을 깨닫는다. 가족이기 때문에 당연히 괴롭다.

약재라고, 담 너머로 건네받은 작약 묘목이 2년이 지나도록 꽃을 피우지 않아 보내준 이에게 미안했다. 양육을 부탁 받은 아이가 병이 난 것처럼, 부끄럽다. 정성이 부족했던 것처럼.

어떤 음식점에서 식사를 마치고 나오다, -가져가도 좋다-는 쪽지가 있었다. 문간에 쌓여있는 비지를 가방에 넣었다. 얼마 넣지도 않았는데 "뭘 그렇게 많이 싸세요." 내게 오는 딸아이의 시선이 그랬다.

저희 아빠를 닮아 나무에 별 관심이 없는 딸아이가 작약이 몇 년간 꽃을 피우지 못한다는 것을 알 리 없고, 그 밑둥에 묻을 거라는 내 궁리를 알 리 없다.

강원도 어디에 갔을 때도 딸아이가 눈치를 주었다.

커피 맛을 보기 위해 그 먼 곳까지 자동차를 몰고 온 사람들을 구경하다가 -필요한 분은 가져 가세요-라는 글이 반가워 커피 무거리를 봉지에 꾹꾹 눌러 담았다. 이 커피 무거리를 작약 뿌리에 넣어줄 요량이다. 이 커피 무거리를 먹은 우리 집 작약에서 아프리카 커피 향기가 날지도 모르겠네 하면서, 뒤를 돌아보니 딸아이가 내게 편치않은 시선을 보냈다.

기온이 급격히 내려갔던 지난가을, 그들을 안아 들이다가 허리를 삐끗했다. 겨우내 침을 맞았다. 내년에는 조심해야지.

계절마다 새 옷을 갈아입고 꽃과 잎을 피우고, 그늘을 주고 풀냄새를 주고, 나비를 불러오면서, 이름 붙일 수 없는 행복을 선물하는 저들과의 40년, 외로울 틈이 없었다. 그들은 내 가족이나 다르지 않다.

최금녀 | 1962년 『자유문학』 등단

네 그루의 나무, 하나의 숲

네 그루의 **나무**,
하나의 **숲**